La fin des exils

Atelier 10

Atelier 10 est une entreprise sociale qui a pour mission de publier des textes originaux, soignés et susceptibles de nous permettre de mieux comprendre les enjeux de notre époque, de prendre part activement à la vie de notre société et de mener une existence plus signifiante et satisfaisante.

156, rue Beaubien Est, Montréal (Québec) H2S 1R2
info@atelier10.ca · atelier10.ca · 514 270-2010

Adhérant aux plus hautes normes de transparence, de responsabilité sociale et de performance environnementale, Atelier 10 détient la prestigieuse certification internationale B Corporation.

Certifié B Corporation

Partenaires associés

UQÀM
UNIVERSITÉ DE SHERBROOKE

Jean-Martin Aussant

La fin des exils

Résister à l'imposture des peurs

Documents

La collection *Documents* est dirigée
par Nicolas Langelier.

Nous utilisons l'orthographe modernisée.

Édition Josée Boileau et Nicolas Langelier
Coordination éditoriale Caroline R. Paquette
Révision Liette Lemay, rév. a.
Design de la couverture, conception typographique et montage Jean-François Proulx
Œuvres Marc Séguin

Diffusion/distribution au Canada
Flammarion / Socadis

Diffusion/distribution en Europe
Librairie du Québec à Paris

Dépôt légal
Bibliothèque et Archives nationales du Québec, 2017
Bibliothèque et Archives Canada, 2017

ISBN version imprimée : 978-2-89759-306-3
ISBN version numérique (ePub) : 978-2-89759-308-7
ISBN version numérique (PDF) : 978-2-89759-307-0

Catalogage avant publication Bibliothèque et Archives nationales du Québec et Bibliothèque et Archives Canada

Aussant, Jean-Martin, 1970-

La fin des exils : résister à l'imposture des peurs

(Documents)
Publié en formats imprimé(s) et électronique(s).

ISBN 978-2-89759-306-3
ISBN 978-2-89759-307-0 (PDF)
ISBN 978-2-89759-308-7 (EPUB)

1. Nationalisme - Québec (Province). 2. Québec (Province) - Conditions économiques - 21e siècle. I. Atelier 10 (Organisme). II. Titre. III. Collection : Documents (Atelier 10 (Organisme)).

FC2928.9.N3A97 2017 971.4'05 C2017-942036-4
C2017-942037-2

Nous remercions la Société de développement des entreprises culturelles de son soutien.

SODEC
Québec

Nous remercions le Conseil des arts du Canada de son soutien. L'an dernier, le Conseil a investi 153 millions de dollars pour mettre de l'art dans la vie des Canadiennes et des Canadiens de tout le pays.

Conseil des arts du Canada — Canada Council for the Arts

Nous reconnaissons l'appui financier du gouvernement du Canada.

Canada

Table des matières

À toutes les·personnes qui n'auront jamais leur nom en dédicace.

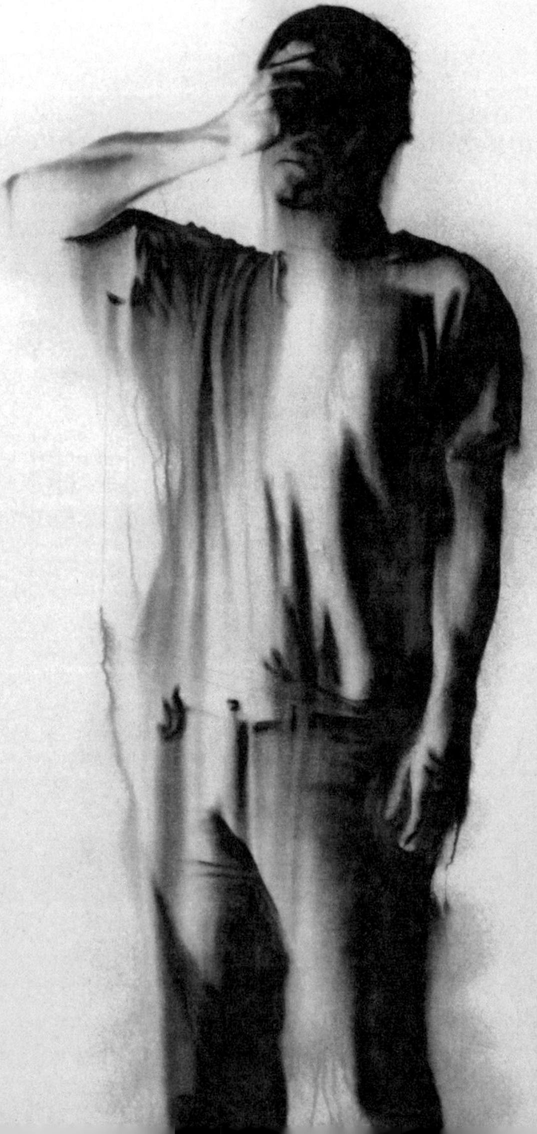

L'exil qu'on ne nomme pas

Et maintenant quoi ? S'il est une chose que son départ devrait amener, c'est la fin des exils. De tous les exils, qu'ils soient géographiques ou intellectuels.

Il faut que nous fassions tous notre part, chacun à notre façon, dans la construction de cette société pour laquelle il a tant travaillé.

—Extrait de l'oraison funèbre de Jacques Parizeau[1]

Le mot *exil* évoque d'abord une notion géographique, une exclusion forcée d'un lieu d'appartenance naturel.

Mais ce sont davantage les exils intellectuels qui font du tort à nos sociétés. Le fait de se désintéresser de la collectivité et du bien commun—quelles que soient les raisons, parfois tout à fait fondées, pour lesquelles on se sent aliéné—a des conséquences bien pires que de simplement vivre loin de sa communauté d'attache. J'en ai l'intime conviction : un citoyen qui s'en tient à son individualisme peut nuire davantage à l'ensemble que l'absent qui s'implique peut-être à distance.

Les peurs non fondées mais intégrées font partie de ces exils intellectuels qui empêchent les sociétés d'évoluer vers leur plein potentiel. Les peurs économiques, surtout—l'économisme étant la grande religion occidentale, du moins pour les plus récentes générations. Mais aussi la peur d'être incapables de changer les choses, qui, en fin de compte, nous pousse à abandonner.

Les exils sont aussi collectifs quand une grande partie de la population se dit, consciemment ou non, que les choses sont ainsi et qu'on n'y peut rien. Il est au contraire plus que temps que l'on s'y attarde, avant que la notion même de collectivité ne perde son sens. Parce que si certains pensent encore que

---

1 Extrait du discours prononcé lors des funérailles de Jacques Parizeau le 9 juin 2015, à l'église Saint-Germain d'Outremont.

l'individualisme doit primer, ils oublient que sans la collectivité, l'individu n'est pas grand-chose.

C'est de la fin de tous ces exils qu'il sera question ici.

> La fatalité triomphe dès que l'on croit en elle.
> —**Simone de Beauvoir**

Tant que ces exils perdureront dans un système qui cherche sa boussole, les deux plus grands enjeux de notre époque—inégalités socioéconomiques et dommages environnementaux—continueront de s'aggraver. Au fond, ces deux problématiques sont alimentées par le même modèle de l'individualisme dominant, encore enseigné dans la plupart des départements de science économique.

Si le nouveau *Léviathan* est éminemment économique, plusieurs solutions seront néanmoins politiques. Dans toute évolution, de nouvelles structures et institutions doivent apparaitre pour assurer le respect de certaines balises. On ne pourra pas attendre que chaque personne pose d'elle-même, dans son coin, les gestes appropriés. En d'autres termes, on ne pourra pas attendre que l'âge de l'individualisme disparaisse avec le dernier individualiste.

L'évolution peut aller plus vite que cela: on raconte que l'âge de pierre ne se serait pas terminé par l'extinction de la roche.

Redevenir noble

Croyez ceux qui cherchent la vérité.
Doutez de ceux qui la trouvent.

—**André Gide**

À LA BASE, la politique est une chose noble. Elle consiste en la recherche de l'intérêt collectif et des meilleurs moyens d'y arriver. Pour paraphraser le psychologue et ancien député Camil Bouchard, il s'agit de *créer du beau*. Étrangement, on dit maintenant de ceux qui visent cet objectif qu'ils veulent «faire de la politique autrement». Au contraire, ce sont ceux qui n'agissent pas dans cet état d'esprit qui, tous partis confondus, font de la politique autrement depuis trop longtemps. Il faut revenir à la vraie politique, celle qui enthousiasme et qui insuffle un sentiment de confiance en l'avenir. Et surtout, qui donne envie de contribuer à la société qui est la nôtre.

Les grands projets de société se font de plus en plus rares, au profit d'une gestion purement technocratique. Pourtant, c'est par d'ambitieux projets collectifs qu'on arrive à définir une identité nationale, à se reconnaitre et à se développer. Ceux-ci peuvent sembler inaccessibles aux yeux de décideurs guidés par un *comptabilisme* pusillanime. De plus, ils remettent souvent en question les privilèges d'une frange puissante de la société, qui aime par-dessus tout l'inertie d'un système qui fait son affaire.

L'optimisme demeure le meilleur réalisme, dans la mesure où nous choisirons *collectivement* de mettre de grands projets en branle. Ceux qui s'exilent derrière des formules voisines du «nous n'avons pas le choix» auront choisi de ne pas en avoir. Quant aux élus qui utilisent ce discours éteignoir, ils ont visiblement opté pour la mauvaise occupation : à quoi, au juste, sert un décideur qui dit ne pas avoir d'options ?

> Ce sont mes convictions. Si vous ne les aimez pas, j'en ai d'autres.
> —**Groucho Marx**

La vraie politique reviendra en force le jour où il sera normal qu'une personne élue préfère garder ses convictions, au risque de perdre son siège, plutôt que de moduler ses principes selon les derniers sondages pour favoriser sa réélection. Autrement, cela donne des politiciens qui ont comme principale ambition de ne pas trop en avoir, au-delà de leur avancement personnel. Alors qu'en politique les visionnaires tentent d'*influencer* l'opinion publique pour convaincre la population que leurs idées sont les meilleures pour l'intérêt collectif, les carriéristes tentent d'*identifier* l'opinion publique, pour redire à la population ce qu'elle veut entendre.

À l'époque où j'étais député, j'ai amorcé une réflexion sur l'avenir du nucléaire et j'ai milité en faveur du déclassement de la centrale Gentilly-II. J'ai été perçu comme un extraterrestre, puisque la centrale et les emplois qu›elle procurait se situaient dans ma propre circonscription. Mais je ne pouvais pas me faire à l'idée qu'on engloutisse plusieurs milliards de dollars de fonds publics, soit une subvention de plusieurs millions par emploi, dans une réfection dont le Québec n'avait absolument pas besoin sur le plan énergétique, et qui nous laisserait aux prises avec encore plus de déchets nucléaires dont personne ne sait que faire. Ce positionnement a très certainement contribué à ce que je ne remporte pas l'élection subséquente, mais c'était la chose à faire dans l'intérêt public.

Imaginez cette possibilité toute simple : chaque formation politique dit clairement à la population ce qu'elle entend faire une fois au pouvoir, et la population choisit en toute connaissance de cause. Un gouvernement qui fait ce qu'il a promis de faire. Cela suppose qu'il ne pourrait pas transformer complètement un mandat gouvernemental, en livrant par exemple un plan d'austérité qui n'a pas été promu durant la campagne électorale. Cela exclut aussi qu'un parti édulcore tactiquement sa raison d'être fondatrice dans l'espoir de mieux se faufiler entre deux priorités identifiées par les sondages du jour.

Faut-il s'adapter au système, ou plutôt adapter le système? J'ai trop souvent entendu, au fil de mes discussions et rencontres politiques, que «c'est comme ça que ça marche», ou qu'il faut «être fait pour ça». Se bâtir une carapace pour survivre dans une dynamique moribonde, plutôt que de travailler à transformer les façons de faire. Ce que plusieurs appellent détestablement la *joute politique* attire peut-être les fervents de *House of Cards*, mais la création de beau est ailleurs.

Audaces fortuna juvat

Ce sont l'audace et la clarté qui amèneront les gens à se réintéresser à la politique pour les bonnes raisons. Cela inclut le fait d'accepter le choix de la population devant des plateformes claires, et donc de faire autre chose de sa vie si les gens choisissent une autre offre. Cette étrange tendance à courtiser les nationalistes quand on est provincialiste ou à reporter le débat sur la souveraineté quand on est indépendantiste fait en sorte de dévaluer la politique. Elle est alors réduite à une simple stratégie, sans vision ni courage, selon laquelle la population est considérée comme de la marchandise électorale.

Plusieurs chantiers urgents au Québec exigeront de l'audace. Or, retarder l'audace, c'est ne pas en avoir. Et reporter une urgence, c'est ne pas la reconnaitre. Les convictions assumées peuvent faire gagner des élections, il faut le redécouvrir. En politique, les problèmes semblent arriver en courant vers vous et repartir en *moonwalk* : ils vous regardent toujours droit dans les yeux et s'en retournent bien moins vite qu'ils ne sont arrivés. Si la capacité de faire face et d'assumer n'y est pas...

Il y a par ailleurs un danger réel pour un parti dit *de cause* d'adopter les méthodes d'un parti de simple gouvernance du statuquo. Louvoiements, détours, contradictions et changements de cap fréquents illustreront bien assez rapidement l'incohérence de celui qui se prétend en faveur d'une cause, pour ensuite la subordonner à tout ce qui peut être payant à court terme. À tout prendre, la population verra davantage de cohérence dans un parti qui ne propose rien, puisque pour un parti sans cause ou projet de société précis, ne rien proposer est dans l'ordre des choses.

Dans la même veine, un gouvernement qui promettrait de ne pas utiliser de fonds publics pour faire avancer un élément fondamental de sa plateforme oublierait à quoi servent précisément des élections. Sinon, qui d'autre que l'électorat décidera ce qui justifie ou non l'utilisation de son argent ?

Ces affirmations en apparence identiques illustrent bien la différence fondamentale entre deux types d'engagement politique :

- Pour faire avancer une cause, il faut être au pouvoir.
- Il faut être au pouvoir *pour* faire avancer une cause.

Dans le premier cas, le pouvoir est l'objectif ultime. Dans le deuxième, on sous-entend qu'il faut savoir ce qu'on veut en faire.

Combien de fois me suis-je fait dire, au sein même d'un parti fondé pour faire du Québec un pays, que ce n'était pas le temps de parler de souveraineté...

Je me souviens d'une discussion avec un ancien ministre, quelques années après le Printemps érable de 2012. Quand, au détour d'un autre sujet, j'ai mentionné la gratuité scolaire, il m'a regardé, l'air estomaqué : « Quoi, t'es encore là-dessus, toi ? » Comme si cette idée n'avait été à l'époque qu'un positionnement tactique pour courtiser une frange de l'électorat, et non une idée fondamentalement saine, qui vaut la peine qu'on la porte tant qu'elle ne sera pas mise en pratique.

La gratuité scolaire du CPE au doctorat est payante pour la société. Il faut, pour s'en rendre compte, avoir un minimum de vision au-delà du prochain exercice budgétaire ou de la prochaine élection. Sans barrière financière, les gens pourront approfondir leur domaine d'études et enrichir leur formation, quels qu'ils soient. Ces compétences accrues leur permettront d'obtenir un salaire plus élevé qui, à son tour, permettra à l'État de percevoir plus d'impôts. Si ces rentrées fiscales additionnelles valent à terme davantage que les droits de scolarité que l'on a éliminés, ne s'agit-il pas d'une excellente idée pour tout le monde ?

Dénuée de toute réflexion, la stratégie visant à attendre de voir ce qui est populaire à court terme avant de se prononcer est taillée sur mesure pour un robot-sondeur qui ferait alors le meilleur des premiers ministres. Le leadership véritable consiste à décrire ce qu'on pense être les projets porteurs d'avenir, qu'ils fédèrent l'opinion publique ou non dans le moment présent, puis d'avoir la colonne vertébrale nécessaire pour les expliquer et convaincre la population de leur bienfondé.

Tout le reste n'est qu'un exil de la vraie politique.

Ne pas cloner les épouvantails stériles

Tout ce qui est excessif est insignifiant.

—Talleyrand

À ÉCOUTER LES DISCOURS POLITIQUES AMBIANTS, nous vivons soit dans une société relativement idéale qui serait menée à mal si l'on avait le malheur de choisir un autre gouvernement, soit dans une société où tout va mal par la faute d'un gouvernement qu'il faut remplacer à tout prix. Bien des gens ne perçoivent même plus le ridicule de cette hypertrophie argumentaire, désintéressés qu'ils sont devant l'inintéressant. Une démocratie ne peut pourtant pas se passer de l'intérêt des citoyens pour la chose publique.

On peut juger que certaines politiques affaiblissent le Québec et s'opposer à leur mise en place. Mais on peut le faire de façon constructive, en reconnaissant que le Québec demeure l'un des endroits les plus choyés au monde sur le plan de sa qualité de vie et de son filet social, et en ayant la volonté de préserver cette richesse unique. L'approche la plus fréquente est toutefois d'évoquer l'hécatombe et la fin du monde pour faire mal paraitre ceux que l'on veut remplacer.

On peut soutenir que la langue française serait mieux protégée et promue dans un Québec souverain qui ne souffrirait pas de l'ingérence d'une Cour suprême située hors Québec, laquelle penche périodiquement en sens inverse de nos intérêts particuliers. Mais on peut le faire sans agiter le spectre d'une imminente *louisianisation*.

On peut prétendre qu'en cas d'accession du Québec au statut de pays souverain, établir des ententes entre partenaires amis et voisins impliquera des ajustements et des discussions qui viseront le bénéfice mutuel desdits partenaires. Brandir le spectre du chaos et de l'appauvrissement à la suite d'un tel changement ne contribue cependant en rien à un débat intelligent.

Les exemples sont nombreux.

La stratégie de la peur est omniprésente dans les discours. Elle constitue un exil de l'imagination et de la créativité politiques. Plutôt que de décrire un projet pour ce qu'il a de porteur, on tentera de semer l'effroi en décriant les autres initiatives pour ce qu'elles ont de soi-disant mauvais. C'est malheureusement le cas pour trop de formations politiques, qui transforment une campagne électorale en concours de la plus grande menace à éviter, alors que l'on devrait choisir parmi les meilleurs projets de société. Pour les uns, il faut écarter la terrible menace d'un débat et d'un référendum sur la souveraineté. Pour les autres, il faut à tout prix s'abstenir de porter au pouvoir un mortifère parti qui détruit tout sur son passage. Plus ça change, plus c'est pareil.

Cette situation n'est pas unique au Québec. La récente campagne portant sur le Brexit en a été une parfaite démonstration. D'une part, un camp qui misait sur la peur de l'autre pour favoriser le retrait du Royaume-Uni de l'Union européenne. Face à lui, un camp qui tablait plutôt sur la peur économique pour garder les gens bien en place et les inciter à voter pour le statuquo. Partout, un manque d'inspiration pour motiver la population. Ça donne envie de crier à l'imposture.

Il est pourtant tellement plausible que des arguments positifs, fondés et énoncés sur un ton mesuré donneraient des débats plus captivants, qui favoriseraient à leur tour une participation populaire plus significative et, en fin de compte, une démocratie plus fonctionnelle. Un tel exercice produirait d'ailleurs des résultats axés sur ce que les gens veulent vraiment, puisqu'il serait construit sur une campagne d'information honnête qui permettrait de voter en toute connaissance de cause.

La peur d'avoir peur

Il y a aussi les peurs que trop d'élus semblent s'imposer à eux-mêmes. Parmi celles-ci, on voit souvent la peur de ne pas appartenir au «club économique»: crainte d'être perçu comme trop peu *business* par le monde des affaires; crainte que de jeunes analystes d'une sacrosainte agence de notation de Wall Street ne décotent le Québec. On en verra même scruter leur parcours pour y dénicher tout ce qui peut les rapprocher du monde de la finance et de l'économie. Sans oublier un parti entier qui se dit à répétition le parti de l'économie, comme si cela assurait de tous les succès.

Pourtant, s'il y a eu Jacques Parizeau l'éminent économiste, les Lesage et Lévesque qui ont transformé le Québec étaient issus d'autres écoles que des usines de finance et de science économique. Disposer d'un tel bagage est certes utile et rassurant à certains égards, mais serait-ce possible que les grands projets de société et la capacité de les mener à terme ne dépendent pas uniquement de l'aura économique de celui qui les porte?

Autre peur bien ancrée, semble-t-il: se définir et l'assumer politiquement. L'abdication de leadership est telle, de nos jours, qu'on préfère souvent se définir par ce que l'on *n'est pas*. Ni de gauche ni de droite, ni souverainiste ni fédéraliste, ni progressiste ni conservateur. Que sont donc alors nos élus?

> Se tenir au milieu du chemin est très dangereux:
> on est exposé au trafic des deux côtés.
> —**Margaret Thatcher**

Le manque de positionnement clair, cet extrême-centre stérile, est à la fois symptomatique d'un manque de confiance en soi et d'un manque de respect envers l'électorat. Les gens sont en droit de savoir pour quelles idées fondamentales ils voteront. Est-ce trop demander que de s'attendre à ce qu'un candidat puisse simplement expliquer pourquoi il est, par exemple, progressiste ?

Ce qui m'amène à me dire progressiste, c'est entre autres qu'il m'a toujours paru évident que les conservateurs n'avaient que les progressistes à remercier : si nos ancêtres avaient été conservateurs, nous n'en serions jamais arrivés à la civilisation qu'ils veulent aujourd'hui sauvegarder. Les identités riches et les patrimoines précieux ne sont-ils pas le résultat de gains successifs réalisés grâce aux progressistes de diverses époques ?

On peut se demander si les conservateurs du paléolithique lançaient de l'eau à ceux qui ont tenté les premiers de faire du feu, de peur qu'ils ne changent trop leur société.

Cesser de nourrir le cynisme

En démocratie, chaque génération
est un peuple nouveau.

—**Alexis de Tocqueville**

À L'ÉPOQUE OÙ J'ÉTAIS DÉPUTÉ, et plus récemment pour parler d'économie sociale et d'entrepreneuriat collectif, j'ai prononcé de nombreuses allocutions dans les écoles, collèges et universités du Québec. Assez systématiquement, je me suis fait dire par des jeunes que la politique les rebutait et que l'engagement n'était pas une option. Une scène moins qu'inspirante devrait pourtant être un incitatif à s'y investir, sinon ce sont ceux qui aiment ce qu'ils voient qui iront et rien ne changera.

Le cynisme gagne du terrain. De plus en plus d'électeurs, issus de toutes les couches de la société, se disent cyniques et en sont presque fiers. Rappelons que le mot *cynique* vient du grec *kunikos*, qui signifie « chien ». C'est moins édifiant vu comme ça.

Quiconque proposerait d'imposer aux gens la couleur de leur voiture aurait droit à une montée au créneau. Comment peut-on se sentir moins concerné quand il s'agit de politique ? C'est elle qui détermine les lois auxquelles nous sommes assujettis, qui veille aux systèmes de santé et d'éducation, qui gère des milliards de dollars de fonds publics. Comment en sommes-nous arrivés là ?

Le fameux concept de majorité silencieuse est un non-sens démocratique. D'une part, cette idée floue permet à des manipulateurs d'opinion de parler au nom d'une supposée majorité de gens qui penseraient comme eux, sans qu'on puisse confirmer ou infirmer leur prétention. D'autre part, la démocratie existe précisément pour que la majorité puisse se faire entendre et décider collectivement des grandes orientations de société.

Le taux de participation

Le taux de participation aux élections générales au Québec affiche une tendance clairement baissière. Si l'on observe les 40 dernières années, on remarque que des taux de plus de 80 % sont le propre d'une autre époque. En 2008, le Québec a même flirté avec un taux de participation s'approchant des 50 %, seuil en deçà duquel on pourrait formellement parler d'une « majorité silencieuse ».

Fait intéressant à noter, c'est généralement lorsque les taux de participation sont plus élevés que les changements de gouvernement se produisent (colonnes pâles sur le graphique de la page suivante). Le plus haut taux jamais enregistré pour une élection générale (au-dessus de 85 %) est celui de 1976, alors que René Lévesque et son équipe ont pris le pouvoir.

Serait-ce donc qu'une *minorité* d'électeurs plus difficiles à convaincre d'aller voter détiennent la clé des changements de gouvernement, surtout quand on devine qu'une frange importante de l'électorat vote systématiquement pour le même parti pour diverses raisons sociologiques ? Assurément, un parti machiavélique pourrait chercher à nourrir le cynisme afin de garder le taux de participation le plus bas possible… Le cynisme serait ainsi le comportement le plus souhaité par les politiciens les moins souhaitables.

L'exercice par excellence de consultation populaire demeure le référendum, qui ne suscite néanmoins que très peu d'enthousiasme au Québec. La Suisse et l'Australie, deux pays qui ne s'en tirent pas trop mal, ont pourtant utilisé la voie référendaire à des centaines de reprises dans le passé pour sonder leurs citoyens sur une grande variété d'enjeux. Ici, à la suite d'un exercice concerté

Taux de participation aux élections générales (en %)
(Assemblée nationale du Québec)

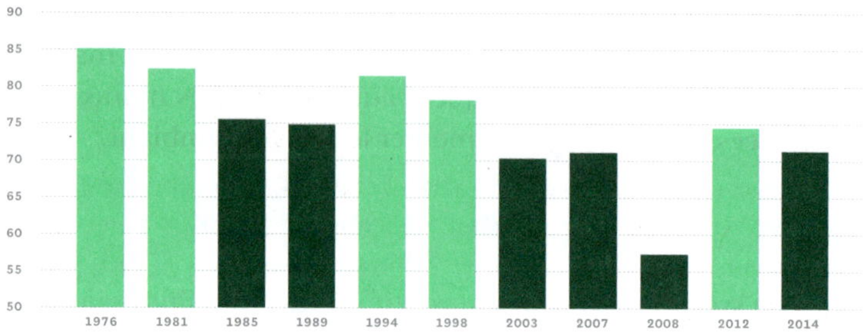

de diabolisation du mot lui-même par le camp fédéraliste, nous en sommes plutôt rendus à rejeter les référendums, que l'on souhaite ou non la souveraineté du Québec.

Peut-être est-il plus simple de gagner une élection au Québec en ne parlant pas de faire la souveraineté, mais les vrais leaders ne sont pas reconnus pour leur accointance avec la facilité.

L'orphelinat

Autre conséquence du cynisme ambiant: ces gens qui se qualifient d'orphelins politiques. Si le sentiment est peut-être fondé pour certains, il n'en demeure pas moins que pour d'autres, les idées qu'ils recherchent se trouvent bel et bien dans des plateformes politiques existantes. Sauf qu'ils refusent de militer dans de petits partis, nécessairement plus éloignés du pouvoir (l'arrivisme existe même chez les orphelins, soyons-en bien surs), ou ils attendent la bonne occasion de se faufiler par une voie rapide dans un parti établi.

Pour avoir participé à la fondation d'un parti politique, je peux témoigner de la frustration ressentie à la vue de plusieurs soi-disant orphelins qui y reconnaissaient leurs priorités, mais ne voyaient pas l'intérêt de s'impliquer dans sa construction. Ne devrait-on pas alors parler de fugueurs, plutôt que d'orphelins?

Les politiciens opportunistes qui s'engagent subitement aux côtés de ceux-là même qu'ils décriaient auparavant sont malheureusement plus médiatisés que d'autres. De telles manœuvres intéressées ne peuvent qu'alimenter le cynisme ambiant.

Le respect du vote populaire comme moyen de contrer le cynisme

Dans un système démocratique optimal, les orphelins politiques se consacreraient à la fondation d'une nouvelle famille plutôt qu'à la recherche de nouveaux parents. Mais il sera plus facile de suivre cette option quand un système électoral proportionnel sera enfin mis en place au Québec.

Dans le système actuel, l'allocation des sièges ne reflète pas le vote populaire. Conséquence: des milliers de citoyens ne se donnent pas la peine d'aller voter. Le fédéraliste de la circonscription de Lac-Saint-Jean, tout comme le souverainiste de Westmount, peut décider de le faire quand même, ne serait-ce que pour assurer un financement au parti de son choix, mais la magie de notre scrutin uninominal à un tour fait en sorte qu'il n'aura aucune influence sur l'allocation des sièges.

On ne peut pas se dire démocrate et vouloir préserver un mode de scrutin qui peut élire un gouvernement majoritaire alors que 70% des gens auront voté pour un autre parti ou se seront abstenus, par dépit. Ce système archaïque peut aussi donner une majorité confortable à une formation qui reçoit moins d'appuis populaires qu'une autre. On peut se dire favorable à la simplicité du système actuel, mais dirait-on à sept personnes dans un groupe de dix qu'elles ne seront pas consultées, par simplicité?

Il faudra bien, un jour, se soucier de faire passer un principe démocratique de base comme la représentativité avant la détestable volonté de maintenir une alternance automatique qui a trop étouffé l'imagination, détourné la recherche de l'intérêt collectif et neutralisé le renouveau politique.

La préséance des idées sur les porte-paroles

S'il arrive qu'on abandonne une cause parce que les gens qui l'ont portée nous ont déçus, il faut alors revenir à l'idée elle-même. Elle demeure le socle d'engagement, au-delà des personnalités. On ne devrait pas délaisser une bonne cause souffrant d'un mauvais porte-parole. Pas plus qu'on ne devrait adopter une cause malsaine mise de l'avant par un porte-parole efficace. Il n'y a jamais eu de mauvais *timing* pour une bonne idée, bien qu'il puisse y avoir çà et là de moins bons messagers.

Revenir aux idées. Avoir le courage de les expliquer. Enthousiasmer les gens avec des projets inspirants, même si les sondages laissent entrevoir une voie plus difficile. En d'autres termes, cesser de faire rêver à la terre promise et donner confiance en la terre prometteuse.

La responsabilité de l'électeur

On peut appeler de tous nos vœux de meilleurs élus, il demeure que l'électorat doit faire son examen de conscience. Tant que les vieux réflexes prendront le dessus—voter pour ce que l'on connait ou chercher à «gagner ses élections»—, la nouveauté sera impossible.

La pratique du vote stratégique est une conséquence du système électoral actuel, mais si elle mène au maintien du système lui-même en ne portant jamais au pouvoir des gens qui veulent le changer, elle est vaine.

Il sera utile aussi de revoir les critères selon lesquels on évalue le travail d'un élu. Est-ce que 500 poignées de main par fin de semaine constituent la meilleure façon de faire avancer l'intérêt collectif ? La proximité avec le terrain et les gens que l'on représente est fondamentale, mais l'omniprésence souriante n'est pas gage de compétence et de probité. En ce qui me concerne, la constante pression ressentie devant les impératifs de visibilité a été l'un des éléments les plus épuisants de ma vie politique active.

Si les élus doivent mériter leur poste, qui demeure un immense privilège, la population doit quant à elle mériter ses élus. Elle doit les évaluer non pas sous l'angle de leur visibilité, mais sous celui de leur contribution à l'avancement collectif.

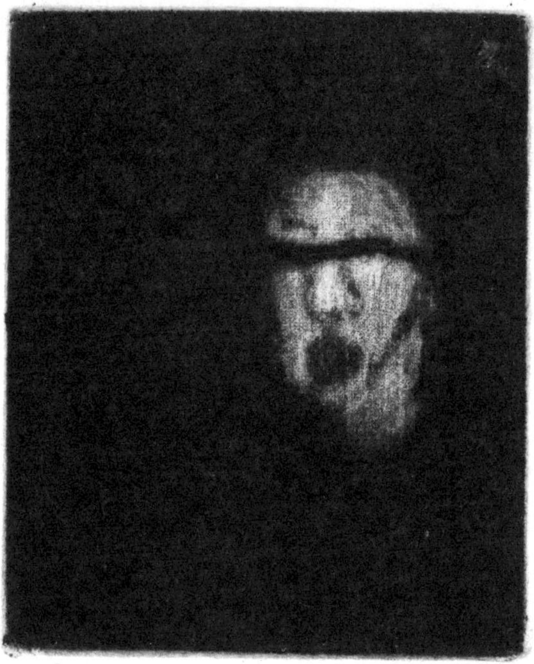

15/20 TÊTE

Ne pas exiler l'État dans une *business*

La responsabilité sociale d'une entreprise est d'accroitre ses profits.

—**Milton Friedman**

On peut encore lire ou entendre qu'il faudrait quelqu'un du secteur des affaires aux commandes de l'État, qui le gèrerait comme une entreprise. Et si c'était justement là la pire des idées?

Mentionnons d'entrée de jeu que l'univers des entreprises privées à but lucratif n'est pas peuplé uniquement de personnes avides qui n'ont aucune conscience collective. J'ai moi-même rencontré des gens d'une générosité et d'une compassion exceptionnelles dans le secteur financier de la City à Londres, pourtant l'un des principaux antres mondiaux des affaires sans âme.

Cela dit, l'entreprise tend à vouloir faire plus avec moins et se situe, dans son état optimal, à la limite de ce qui est acceptable pour le client. En d'autres termes, s'il lui est possible de diminuer le cout de fabrication et la qualité d'un produit tout en conservant sa clientèle et ses revenus, la tentation de le faire sera là.

Comment marier cette façon de procéder avec des secteurs comme l'éducation et la santé, où la «clientèle» est de surcroit pratiquement captive? Les écoles en délabrement seraient-elles plus acceptables parce que moins chères à entretenir à court terme? Les soins de santé seraient-ils soumis à une forme de paiement par visite? Et la prévention se verrait-elle complètement séparée des soins, dans une optique de spécialisation comme tend à le faire le privé? La sécurité publique serait-elle soumise à une analyse de ce que vaut une vie plutôt qu'une autre, dans l'évaluation des ressources à y consacrer?

Quant au principe de l'utilisateur-payeur, rappelons que les services publics ont comme utilisateurs la collectivité elle-même. C'est donc cette dernière qui doit en être la source de financement par le biais des impôts perçus auprès de l'ensemble de la population. L'entreprise privée divise plutôt la population entre ses clients et les autres, selon une stricte logique d'affaires. Dans le court terme, ce qui est socialement rentable pour l'État (éducation, santé, sécurité) ne l'est pas nécessairement sur le plan purement économique, tout comme ce qui est rentable économiquement ne l'est pas toujours socialement (pensons à la cigarette ou à certaines formes de jeux et loteries).

Et qui l'État considérerait-il comme ses actionnaires? «Une personne, un vote», comme en démocratie, ne s'apparente guère à «une action, un vote», comme dans le monde des affaires. Dans ce dernier, on dira d'une personne qui détient suffisamment d'actions pour décider de tout qu'elle est *actionnaire de contrôle*. Transposé à l'État, le principe d'une seule personne qui a le pouvoir de tout dicter porte un nom différent...

L'un des arguments trop souvent avancés par les tenants de cette gestion privée du gouvernement: l'efficacité du secteur privé serait supérieure. Sur ce plan, on est loin d'une preuve hors de tout doute raisonnable. Il ne faut pas oublier que seules deux entreprises privées sur dix franchissent le cap des dix ans. Si l'efficacité était au rendez-vous, ce taux serait plus glorieux.

De plus, on ne peut pas comparer l'efficacité d'un service gouvernemental à celle d'une entreprise privée à but lucratif, puisque les objectifs et les modes de fonctionnement sont complètement différents. On l'a dit, faire plus avec moins pour augmenter les profits, sans trop se préoccuper des conséquences sociales et environnementales, n'est pas une approche souhaitable pour un gouvernement. La commission Charbonneau, qui avait comme mandat d'enquêter sur l'octroi et la gestion des contrats publics, nous a bien montré où peut mener cette tentation de laisser partir de plus en plus de services publics en sous-traitance au secteur privé.

Il ne faut ni privatiser l'État, ni le gérer comme le privé, mais lui reconnaitre son statut à part, avec des responsabilités et des réalités qui lui sont propres.

Bien que certains lobbys dénoncent l'ingérence du gouvernement dans le secteur privé, la réalité est que le privé se mêle régulièrement des affaires du gouvernement. Proximité avec les élus, lobbying intensif, portes tournantes pour l'après-carrière politique, etc. Les exemples sont nombreux.

Il n'est pas anormal en soi que le secteur privé ait accès au gouvernement, tout comme le font les regroupements citoyens ou toute autre entité que le gouvernement doit considérer. Mais on ne peut nier le fait que le secteur privé en mène large, ici comme ailleurs.

Ce que personne n'a inventé appartient à tout le monde

Durant mon mandat à l'Assemblée nationale, le débat entourant les ressources naturelles a occupé une certaine place médiatique. Surtout à partir du moment où le Vérificateur général du Québec a constaté que nous donnions plus en aides fiscales aux compagnies minières qu'elles ne nous versaient en redevances. En d'autres mots, nous nous trouvions à payer des entreprises pour que celles-ci puissent profiter des ressources non renouvelables sur notre territoire.

Pour contrer cet exil du propriétaire que nous sommes sur nos propres terres, pourquoi ne pas considérer la création d'une société d'État qui serait majoritaire dans tout projet lié aux ressources naturelles ? Il ne s'agit pas de socialisme ou de communisme, mais bien de bon sens économique. Le collectif y trouverait son compte, le secteur privé aussi.

Il serait logique qu'une ressource ayant mis des milliers d'années à se former naturellement, sans l'aide de quelque invention ou travail humain, appartienne à la collectivité qui a assuré la vitalité du territoire. Rien dans cette affirmation ne contredit la liberté et l'initiative économiques d'entreprises qui peuvent tout à fait profiter de l'exploitation de ces ressources lorsqu'il s'agit de les extraire, de les transporter et de les transformer.

L'entreprise qui trouvera par exemple une façon innovante de mieux extraire une ressource, ou de moins polluer en exploitant un site, méritera d'être rémunérée pour son expertise et sa prise de risques. Mais elle ne devrait pas l'être pour la propriété de ressources naturelles qu'elle n'a pas inventées. De même, la personne qui donnera son temps et ses qualifications au secteur minier méritera d'être rétribuée à sa juste valeur.

Hydro-Québec présente le plus éloquent précédent de nationalisation qui n'a rien à voir avec le communisme. Bien qu'il s'agisse d'une société d'État, les travaux entourant la construction de grands barrages ont toujours impliqué une multitude d'entreprises privées mettant à profit leurs expertises variées en échange d'une rémunération justifiée. Cependant, les opérations et les profits ultimes sont du ressort d'Hydro, qui en fait bénéficier la collectivité à travers les milliards de dollars versés chaque année au gouvernement du Québec.

La création d'une société d'État qui superviserait l'exploitation de toutes les ressources naturelles collectives du Québec serait tout aussi justifiée que la création d'Hydro-Québec en 1964. Ceux qui s'opposent à ce que l'État québécois joue ce rôle se retrouvent dans une situation plutôt absurde, puisqu'ils laissent des entreprises étatiques étrangères venir faire chez nous ce qu'ils trouvent contraire au bon sens économique. Comme si nos ressources naturelles étaient nationalisées, mais par une autre nation.

On tentera, pour contrer ce scénario, de nous faire peur en invoquant les dommages à la réputation du Québec à l'étranger. Il y a plus de 50 ans, René Lévesque s'est fait servir exactement le même genre de discours quand il a voulu nationaliser l'hydroélectricité, mais il a vu le bluff (il fallait bien que son expérience de joueur de cartes serve quelque part).

Il est probable qu'on nous serve aussi un argument fréquent, à savoir que les investissements privés seront nécessairement dominants, puisque les ressources financières de l'État seraient insuffisantes pour qu'il devienne maitre d'œuvre du secteur minier. Pourtant, la version originale du Plan Nord prévoyait que l'État québécois investisse la majorité des 80 milliards $ requis pour son développement. La majorité, comme dans « maitre d'œuvre ».

On nous sortira aussi des exemples de projets spécifiques décevants qui ont fait perdre de l'argent à l'État; l'amiante, par exemple. Mais comme par hasard, on ne fera aucunement mention de tous les autres projets très payants qui, eux, profitent à des entreprises privées d'ici ou d'ailleurs (les métaux rares ou précieux, entre autres). Avec un portefeuille de ressources naturelles aussi diversifié que celui du Québec, il s'agit d'un secteur globalement très rentable, malgré sa nature cyclique. Il y a un aspect de long terme à cette nationalisation et cela aplanit les cycles. S'il est une entité qui peut et doit prévoir sur le long terme, c'est bien l'État.

La prospérité découlant de la présence sur notre territoire de ressources naturelles abondantes ne s'arrête pas aux ressources elles-mêmes. Toutes les étapes de transformation représentent un potentiel de développement économique encore trop peu exploité au Québec. Des filières de première, deuxième et troisième transformation tardent à être mises en place chez nous, alors que certaines d'entre elles pourraient bénéficier de l'exceptionnel potentiel énergétique et humain du Québec pour créer emplois, valeur ajoutée et savoir-faire.

Deux liens naturels avec l'importance d'instaurer la gratuité scolaire apparaissent ici : d'une part, le savoir-faire sera d'autant plus développé que nos cerveaux seront bien formés; d'autre part, notre ressource naturelle la plus précieuse et la plus renouvelable sera toujours notre matière grise.

Favoriser une information de qualité

Le bon journalisme réveille les nantis installés dans leur confort et réconforte les affligés.

—Will Self

Avec la multiplication des chroniques et blogues de tous genres, il devient de plus en plus difficile de trouver du journalisme s'en tenant aux faits. Par ailleurs, la course aux *scoops* et l'information en continu rendent ardue la tâche de distinguer la musique du bruit de fond. À cela s'ajoute une convergence des contenus sur plusieurs plateformes et la concentration des médias entre les mains de quelques grands propriétaires. L'information indépendante et diversifiée est pourtant vitale pour une démocratie en santé.

Médias et politique vont main dans la main, l'un ne pouvant vivre sans l'autre. Si la politique des dernières décennies n'a pas fourni que de belles nouvelles aux médias, il est tout aussi vrai que ceux-ci semblent avoir une préférence marquée pour le mauvais côté des choses.

Le journalisme moderne, peut-être inconsciemment (on le souhaite), contribue au cynisme en analysant la plupart des propositions politiques sous la lorgnette de la stratégie partisane et des objectifs électoraux. Supposons qu'une politique donnée soit mise de l'avant par un parti. L'analyse qu'en feront les médias est de savoir de quel « pari » relève cette politique (ex. : percer la région de Québec), quelle « clientèle » on veut aller chercher en la promouvant (ex. : les jeunes, les retraités), quelle « stratégie » se cache derrière (ex. : grogne envers le gouvernement), et ainsi de suite. Trop rarement verrons-nous une analyse journalistique faite sous l'angle de l'intérêt collectif visé par ladite politique.

Il est vrai que certaines démarches sont posées à des fins purement électoralistes. Mais si la moindre initiative est systématiquement analysée ainsi, comment la population retrouvera-t-elle confiance en ses institutions ? Une personne nouvellement débarquée en politique, qui n'aurait ni la langue de bois ni d'historique de mauvaise foi, recevrait le même traitement. On parlerait même de sa naïveté plutôt que de souligner ses bonnes idées. Comme si les analystes politiques jouaient aux coqs avec les politiciens et tentaient de les « démasquer » dans leurs plans tortueux.

Cette couverture moderne de la politique, qui n'a rien d'unique au Québec, conditionne la population à se méfier des élus, voire à les détester. Compte tenu du pouvoir que détiennent les médias, il s'agit là d'une dynamique pernicieuse qui empêche l'éclosion de nouveaux comportements. La recherche de controverses et de contradictions rend les élus archiprudents. Les équipes de communications et de conseillers à la chefferie s'adaptent au contexte en resserrant leur contrôle sur la députation, ce qui donne souvent des « lignes » préparées qui sonnent faux.

Il faudra donc un jour cesser de faire constamment référence à l'instinct politique de l'un ou de l'autre, et parler plutôt en termes d'instinct collectif. Arrêter de juger la qualité d'un élu à sa capacité de ne pas tomber dans un piège pour plutôt prêter attention aux idées qu'il porte. Analyser le discours politique en s'interrogeant sur l'intérêt concret des politiques annoncées et non sur leur opportunisme calculateur. Cet exil du journalisme factuel ralentit l'évolution, qu'elle soit politique ou sociale.

De plus, le journalisme d'opinion qui envahit tous les canaux fait en sorte que bien des gens confondent maintenant faits et humeur. D'ailleurs, comment font certains chroniqueurs pour pondre un commentaire aussi rapidement après chaque évènement ? Celui qui a une opinion sur tout n'a d'opinion sur rien. Sans compter ces chroniqueurs qui, lorsqu'ils s'opposent à une idée, prouvent hors de tout doute qu'elle est excellente. Heureusement, le droit de parole pour les uns n'implique pas l'obligation d'écouter pour les autres.

Il n'est pas ici question de complaisance. Le rôle de chien de garde des médias demeure d'une grande utilité pour la société entière. Mais il faudrait que certains d'entre eux ne prennent pas tant plaisir à mordre à tout prix. Ça laisse des traces qui ne sont pas productives.

La fausseté intégrée

Si l'on mentionne les finances publiques, le système d'éducation, les soins de santé, l'état de l'économie, il y a fort à parier qu'une grande partie de la population y associera une image négative, influencée par la couverture médiatique de ces divers sujets. Plusieurs politiciens éteignoirs y contribuent lorsqu'ils séjournent dans l'opposition, décrivant les choses au pire pour faire mal paraitre ceux qu'ils souhaitent remplacer au pouvoir.

Et pourtant.

Bien qu'il faille toujours se soucier d'améliorer les choses et que la perfection n'existe ni au Québec ni ailleurs, une couverture moins sensationnaliste, voire plus objective et documentée, modèrerait bien des perceptions négatives.

Alors qu'on se fait régulièrement dire que nous sommes moins riches que nos voisins du sud, l'économiste Pierre Fortin a montré que la presque totalité des Québécois vit mieux que la presque totalité des Étatsuniens.[2] Chez ces derniers, les moyennes simplistes de PIB par personne cachent une concentration aberrante de la richesse vers le 1%. Or, la richesse de Crésus des

---

2 Pierre Fortin, *Le petit Fortin: l'économie du Québec racontée à mon voisin* (Rogers, 2013).

milliardaires étatsuniens appartient aux milliardaires, pas à la moyenne des résidents du pays.

Alors qu'on se fait dire que nos finances publiques sont dans un état critique, qu'on va même jusqu'à nous comparer à la Grèce, le Québec est moins endetté que la moyenne des pays riches.[3] D'ailleurs, les marchés financiers internationaux, qui ne se soucient guère du souverainisme ou du fédéralisme et ne veulent ultimement que revoir leur argent, prêtent au Québec à un taux qui reflète leur assurance objective d'être remboursés. Actuellement, le Québec peut emprunter sur les marchés à un taux avoisinant les 2,5% sur 10 ans.[4] Ce bas taux illustre bien que la situation fiscale du Québec, solide, n'a absolument rien à voir avec celle de la Grèce, dont le taux d'intérêt sur 10 ans a déjà dépassé les 30%, soit 12 fois plus.

Alors qu'on se fait dire que notre système d'éducation est pourri, les étudiants québécois qui terminent leur parcours se classent parmi les meilleurs à divers tests internationaux. Le problème demeure la proportion trop élevée de ceux qui décrochent en chemin.

Alors qu'on se fait dire que nos soins de santé sont déficients, nous bénéficions d'un des meilleurs systèmes au monde lorsqu'on y entre pour des cas sérieux. Il s'agit donc davantage de mieux diriger les patients à l'entrée pour éviter que tout le monde ne se retrouve à l'urgence quand on pourrait mieux les servir ailleurs.

---

3 La méthodologie généralement utilisée pour ce genre d'analyse est de calculer la dette nette en proportion du PIB.

4 finances.gouv.qc.ca/documents/emprunts/fr/EMPFR_Quebec-2017-2018.pdf

Journal: institution incapable de faire la différence entre un accident de bicyclette et l'effondrement de la civilisation.
—**George Bernard Shaw**

Pourquoi les bonnes nouvelles ne sont-elles pas aussi bien connues que les mauvaises? Trop peu de gens savent qu'une récente étude de l'OCDE[5] classe le Québec dans le peloton de tête, avec les pays scandinaves, sur le plan de la qualité de vie et du bonheur collectif. Pourquoi cette nouvelle n'a-t-elle pas fait les manchettes? La fin de la blessure au bas du corps d'un joueur des Canadiens est-elle vraiment plus significative pour le moral collectif?

Et bien sûr, selon plusieurs médias, la question nationale au Québec est un débat si désuet, dont plus personne ne voudrait parler, qu'il ne se passe pratiquement pas un jour sans qu'on nous dise que plus personne n'en parle.

Un fait demeure: la première chose que l'on établit lorsqu'une personne entre en politique, c'est si elle a voté OUI ou NON à l'un ou l'autre des référendums sur la souveraineté et de quel côté elle se situerait si une nouvelle démarche s'annonçait.

---

5 L'Organisation de coopération et de développement économiques (OCDE) est un forum de 35 pays parmi les plus riches du monde. Son récent *Better Life Index* (oecdbetterlifeindex.org) utilise une dizaine de critères, outre le simple PIB par personne, pour mesurer la qualité de vie—santé, éducation, vitalité des territoires, paix sociale, conciliation travail-loisir, etc.

Se souvenir que 1789 n'a pas été une belle année pour le 1 %

Quand l'ordre est l'injustice, le désordre est déjà un commencement de justice.

—**Romain Rolland**

AU-DELÀ DE LA REPRÉSENTATION symbolique du 1% et du 99% mise en évidence par le mouvement Occupy, il est maintenant officiel que la caste du premier centile possède davantage que le reste de la population mondiale. Comment des sociétés dites avancées peuvent-elles collectivement accepter que ces inégalités déjà insoutenables affichent même une tendance à la hausse? Il serait bon de rappeler à ceux qui croient que ce modèle est pérenne que le 1% français n'a pas eu une belle année en 1789. Les coupures y furent d'un tout autre ordre.

Le graphique ci-dessous montre à quoi correspondent les possessions des membres du 1% comparativement à ce dont jouissent ceux du 99%. Que l'on travaille plus fort que notre voisin ou que l'on ait une idée formidable qui mène à une grande innovation, certaines circonstances peuvent justifier des revenus différenciés. Il y a cependant une limite obscène à ne pas franchir, et on peut dire qu'elle a été allègrement foulée.

Le paroxysme récent de cette obscénité a été révélé par Oxfam[6], qui a publié un rapport constatant que huit individus possèdent autant que la moitié de l'humanité la plus démunie (soit 3,6 milliards de personnes). Selon le même rapport, au Canada, deux individus possèdent autant à eux seuls que les onze millions

6 oxfam.org/fr/rapports/une-economie-au-service-des-99

de personnes les moins riches. Ces statistiques dépassent l'entendement.

Des sociétés dont les richesses sont si inégalement distribuées s'apparentent aux culturistes qui ne développent que le haut de leur corps et se retrouvent avec des biceps gros comme leur tête, mais avec des jambes en cure-dents. Les bases de la charpente ne peuvent pas longtemps soutenir ce déséquilibre, et des problèmes structurels apparaissent plus tôt que tard.

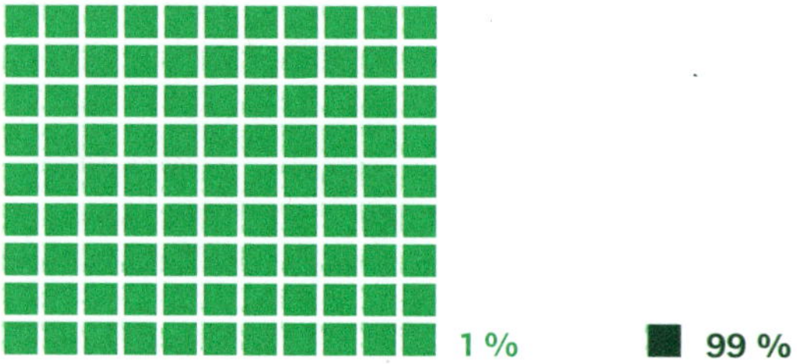

Le Québec fait pour sa part figure de proue dans le monde en matière d'égalité socioéconomique, ce qui devrait être une grande fierté. Il n'en demeure pas moins que notre 1% continue de s'enrichir plus vite que le 99%.

Les autres pays ne sont pas en reste, incluant celui qui a le plus directement vécu 1789. En France, Bernard Arnault a retrouvé le premier rang des grandes fortunes, voyant son patrimoine passer en une seule année de 30 à 47 milliards d'euros. Au taux de change actuel, ce gain est l'équivalent d'un revenu de près de 2,8 millions de dollars canadiens par heure, jour et nuit, pendant toute une année. Quels que soient ses accomplissements personnels, est-il justifiable qu'un individu ait pu accumuler à lui seul autant que plusieurs dizaines de milliers de familles réunies

—familles dont les membres sont, dans les faits, à l'origine de cette fortune en tant que clients, travailleurs ou autre ?

> Ce qu'il y a de plus scandaleux dans le scandale,
> c'est qu'on s'y habitue.
> **—Simone de Beauvoir**

Tant qu'on prétendra que c'est un sophisme de dire que trop d'enfants ne mangent pas pendant que d'autres accumulent, trop d'enfants ne mangeront pas pendant que d'autres accumuleront. À quoi peut bien servir cet empilement compulsif de richesses qui, au-delà d'un certain seuil, ne change plus rien à la qualité de vie de son bénéficiaire et des nombreuses générations qui le suivront ? Quelle en est la finalité ?

A-t-on déjà vu un prédateur repu continuer de capturer et d'emmagasiner des proies pour le plaisir de se réaliser ou de se mesurer aux autres spécimens de son groupe ? La civilisation humaine devra retrouver cette sagesse instinctive que l'animal semble avoir en lui, pour le plus grand bien de son espèce.

Proposer un nouveau contrat social

Il faut toujours rendre justice
avant que d'exercer la charité.

—**Nicolas Malebranche**

Alors que la droite socioéconomique fait l'hypothèse que nous sommes égaux au départ, la gauche socioéconomique fait le souhait que nous le soyons à l'arrivée. Il y a là une différence fondamentale qui mènera à des objectifs et à des *modi operandi* divergents à plusieurs égards. La société moderne doit se rendre à l'évidence qu'il n'y a pas que le salaire minimum et le revenu de base qui doivent être considérés. Il faut s'attarder à l'autre extrémité de l'échelle aussi, du côté d'un revenu maximum acceptable.

Ils sont émouvants, ces multimillionnaires qui font de vibrants plaidoyers pour une meilleure répartition de la prospérité, mais qui poursuivent néanmoins leur accumulation personnelle, bon an mal an. Un modèle de distribution des richesses fondé sur l'idée d'être d'abord millionnaire pour ensuite devenir potentiellement philanthrope ne peut pas être à la base d'une société évoluée.

Il est certes louable que ceux qui en ont les moyens donnent aux plus démunis. Mais on ne peut pas se dire que dans 50 ou 100 ans, il faudra encore compter sur des gens qui en ont trop pour faire la charité à ceux qui en ont trop peu. On doit dorénavant miser sur un système qui distribuera mieux la valeur créée en chemin, plutôt que sur le bon vouloir de ceux qui auront eu le privilège d'une accumulation fabuleuse grâce aux efforts de la collectivité.

La décence élémentaire

Il se crée suffisamment de richesse, dans le monde et au Québec, pour que chaque citoyen ait un revenu acceptable et puisse bien vivre. Le grand enjeu actuel se situe sur le plan de la distribution de cette richesse. Le salaire minimum que l'on augmenterait à un seuil plus décent contribuerait à un certain rééquilibrage, puisqu'une plus grande partie de la valeur créée reviendrait aux travailleurs par le biais des salaires.

Malgré ce que certains lobbys patronaux affirment, une augmentation du salaire minimum orchestrée graduellement sortirait des milliers de gens de la pauvreté, sans nuire de façon sérieuse aux employeurs touchés par la mesure. *Primo*, des citoyens avec un pouvoir d'achat accru sont bénéfiques pour les commerces. *Deuzio*, la propension à dépenser chaque dollar additionnel est forte chez les ménages à faible revenu. Une grande proportion des augmentations salariales se retrouverait donc réinjectée dans l'économie sous forme de consommation (et certainement pas de spéculation).

Il est par ailleurs formidablement illogique qu'un gouvernement fixe un seuil de faible revenu, aussi appelé *seuil de pauvreté*, et qu'il détermine ensuite un salaire minimum légal qui ne permettra pas de se situer à tout le moins au-dessus de ce seuil. Les programmes publics qui viennent en aide aux ménages à faible revenu coutent cher à la société. Sans doute plus que si nous faisions en sorte de réduire le nombre de bénéficiaires en augmentant leur rémunération minimale.

Sur ce plan, il est un discours patronal qui manque de cohérence quand il prône une diminution généralisée de l'intervention de l'État, mais qu'il préfère des programmes publics d'aide sociale à une augmentation du salaire minimum. Un esprit mesquin pourrait soupçonner certains patrons de vouloir ainsi faire subventionner par des fonds publics leur *cheap labour*.

L'indécence excédentaire

À l'autre extrême, il devient de plus en plus difficile de justifier (s'il a déjà été facile de le faire) que des gens engrangent annuellement des centaines de fois ce qu'un travailleur moyen peut gagner. Aucun effort particulier, aucune idée transformatrice ne peuvent justifier les ratios observés ces dernières années. Il ne faut pas oublier que l'utilité marginale de chaque dollar additionnel gagné va décroissant. Le chef d'entreprise qui gagne 200 fois plus que l'employé moyen[7] ne mange pourtant pas 200 fois plus, ni ne voyage 200 fois plus, ni n'achète 200 maisons. Et très certainement, il n'est pas non plus 200 fois plus productif.

La solution n'est pas d'éliminer l'économie de marché, mais de mieux encadrer la distribution de la richesse créée.

Passé un certain seuil de revenus, l'argent ne peut plus contribuer à la qualité de vie réelle, du moins pas pour des besoins, voire des désirs, acceptables. Un voyage de 35 millions de dollars dans l'espace[8] ou un yacht de plus de 2 milliards de dollars[9] se qualifient difficilement de désirs raisonnables.

Il ne s'agit pas ici d'imposer à chacun de devenir de parfaits ascètes. Les biens de luxe existeront toujours et il y aura éternellement une catégorie de produits accessible seulement à une frange plus aisée de la population. Cependant, il faut bien prendre conscience de ce que veut dire gagner 200 fois plus que le travailleur moyen.

---

7 Le ratio est aujourd'hui de 193 fois au Canada, en forte hausse comparativement à environ 40 fois dans les années 1980, selon une récente analyse du Centre canadien de politiques alternatives portant sur les 100 dirigeants d'entreprises les mieux rémunérés au pays. Ce ratio dépasse les 300 fois aux États-Unis.

8 ici.radio-canada.ca/nouvelle/448612/depart-laliberte

9 dailymail.co.uk/news/article-3146499/Roman-Abramovich-s-1-5billion-super-yacht-arrives-Scotland-berths-Clyde-near-Greenock.html

Ce ratio signifie qu'en un peu plus d'un jour ouvrable, on empoche le salaire annuel total du travailleur moyen. Vu de l'autre côté, il signifie que le travailleur moyen devrait travailler 200 ans, soit entre 4 et 5 vies actives complètes, pour gagner le salaire d'une seule année de son ami choyé. Tout cela en faisant bien sûr l'hypothèse d'un taux d'inflation nul. Parce que si on limite, de façon très conservatrice, le taux d'inflation à un faible 0,5 %, il ne devient alors possible de rattraper l'ami choyé sur le plan financier qu'en travaillant littéralement pour l'éternité. C'est la magie des mathématiques financières.[10] Beau contrat.

Le ratio

La question d'un revenu maximum raisonnable est complexe, mais elle exigera néanmoins une réponse.

Il n'existe pas de méthode objective pour le fixer. Devrait-il être comparé au revenu le plus bas, moyen ou médian ? Devrait-on parler d'un ratio ou d'une somme fixe ? Et devrait-on l'établir sur la base d'une entreprise, par secteur d'activité, par région, ou à l'échelle nationale ?

Les idées ne manquent pas, depuis Aristote qui proposait que le revenu maximum soit de 5 fois celui du travailleur le moins bien payé, en passant par la Suisse, qui a suggéré par référendum que ce ratio soit de 12 fois le salaire le plus bas dans l'entreprise, jusqu'au chef du deuxième parti britannique qui a récemment évoqué un ratio maximal de 20 pour toute entreprise qui souhaiterait recevoir des contrats de l'État.

Si l'objectif est de créer une relative équité socioéconomique, il semblerait logique d'instaurer un ratio qui soit lié au travailleur

---

10 La somme d'une série infinie de paiements annuels de 1 $ ne dépassera jamais 200 $ si le taux d'actualisation est de 0,5 %. L'illustration est ici simplifiée, puisqu'un salaire est versé plus d'une fois par année.

moyen national plutôt que de procéder entreprise par entreprise. Ceux qui justifient actuellement des revenus mirobolants trouveraient le moyen de créer des entités légales qui reproduiraient au bout du compte des salaires aussi faramineux au sein d'une entreprise donnée tout en respectant le ratio interne. Évitons que la lutte des classes ne se transforme en lutte des entreprises. L'équité générale est préférable à l'équité intracaste.

Faisons l'hypothèse d'un revenu annuel moyen de référence de 50 000 $ et d'un ratio de 50, représentant grosso modo le nombre de semaines dans une année. Ces paramètres mèneraient à un revenu maximal de 2,5 millions de dollars annuellement. Ceux qui gagnent actuellement davantage que cette somme mobiliseraient assurément la force de leur lobby afin qu'une telle mesure ne voie jamais le jour, même si ce ratio signifie qu'ils empochent *chaque semaine* le salaire moyen de toute une année des travailleurs qui les entourent.

Quel que soit le ratio mis en place, la résistance se fera entendre haut et fort. Que ceux qui s'y opposent expliquent alors aux millions de travailleurs québécois pourquoi ils pensent valoir à eux seuls des dizaines, voire des centaines de leurs collègues. Qu'on entende surtout ceux qui, parmi les choyés, reçoivent des rémunérations gigantesques alors qu'ils congédient massivement des travailleurs—et ce, même si l'entreprise est rentable. Ils augmentent souvent leur propre revenu au passage grâce à une structure de rémunération bien pensée. On sera attentifs, ne demandant qu'à être convaincus.

La lucidité s'impose. Que l'on parle d'un revenu maximal, d'un ratio maximal ou encore d'un taux marginal d'imposition très élevé sur les revenus au-delà d'un certain seuil, l'acceptation de l'inacceptable doit prendre fin. L'évolution de nos sociétés devra faire disparaitre la possibilité pour une seule personne, quels que soient ses efforts ou son travail, d'engranger en un an ce que plusieurs familles combinées ne pourront jamais accumuler dans toute une vie de travail.

Rien n'est plus puissant qu'une idée dont l'heure est venue, disait Victor Hugo.

Le contrat social économique

Avec le temps, le contrat social a évolué de manière à ce que soient enlevées quelques libertés individuelles au bénéfice de la société et de son bon fonctionnement.

Il est 3h du matin, vous êtes seul à un feu rouge : il y a de bonnes chances que vous attendiez quand même qu'il devienne vert avant de redémarrer. Ce système vaut mieux que l'anarchie sur les routes, et la collectivité l'accepte. Nous avons ainsi adopté les limites de vitesse, les zones sans fumée et bien d'autres lois contraignant notre liberté personnelle. Mais nous les acceptons aux vues de leurs avantages pour la vie en société. Elles nous sortent de l'état de nature sauvage, comme le disaient les classiques.

Le prochain contrat social devra être économique. Il ne serait que la suite logique des structures mises en place pour enrayer les diverses formes de violence. Partout, des lois contre ces violences (physiques, verbales, psychologiques) ont été promulguées et acceptées par les sociétés, qui voyaient ainsi leur sécurité renforcée. Les inégalités économiques actuelles représentant bel et bien une forme de violence à combattre, il en découle la nécessité de légiférer pour les limiter.

Surtout que dans une majorité de cas, les membres de la caste des super riches ne sont ni de super performeurs (comme le sont des athlètes ou des artistes d'exception) ni de remarquables inventeurs, mais plutôt des gestionnaires qui ont gagné le *jackpot* d'un poste prestigieux au sein d'un groupe sélect de dirigeants étoiles.

Nous ressortira-t-on l'argument selon lequel les *gestionnaires talentueux* pourraient partir, si l'on contraignait leurs salaires stratosphériques? Sur une population de plus de huit millions d'âmes, le Québec regorge de gens aussi intelligents et compétents qui accepteraient des salaires qui, bien qu'ils soient limités par le haut, demeureraient fantastiques pour tout individu sain d'esprit. Il ne s'agit pas ici d'empêcher la prospérité et la richesse, il s'agit de réduire les abus.

Un citoyen qui menacerait de quitter le Québec si les limites de vitesse ne sont pas abolies sur les autoroutes serait risible. Rouler à 200 km/h n'est ni sécuritaire ni raisonnable pour la collectivité. Je suis de ceux qui pensent que la liberté de concentrer vers soi une richesse excessive tire à sa fin et que s'en réclamer deviendra, à terme, tout aussi risible. On ne construira pas une société résiliente en considérant d'abord ceux qui songent à la quitter, mais en se préoccupant de ceux qui veulent y rester, s'y investir et contribuer à la suite des choses.

Quoi qu'en disent les lobbys les plus libertaires, la vie et la dignité humaine m'apparaissent plus importantes que la soi-disant liberté permettant à quelques-uns de concentrer avidement la richesse dans leurs poches. Il faudra en fait que nous arrivions à nous convaincre que des sociétés aussi prospères que nous les souhaitons sont tout à fait possibles sans qu'il faille pour autant accepter l'existence de multimilliardaires. Certaines sociétés d'antan n'entrevoyaient sans doute pas l'avenir possible sans monarchie toute-puissante; la plupart des nations du monde ont pourtant évolué vers la démocratie.

Les riches exagèrent davantage leur générosité
que les pauvres n'exagèrent leur misère.
—**Proverbe chinois**

L'eau de pluie ne ruissèle finalement que là où il pleut

Ces dernières décennies, nous avons vu se répandre un concept selon lequel les propriétaires riches allaient, par leur grande sagesse et leur clairvoyance, faire bénéficier toute la population de leur succès et de leur fortune. Bref, qu'en aidant les riches, on aidait tout le monde.

La cause est maintenant entendue : même des institutions comme la Banque mondiale, le Fonds monétaire international et l'OCDE reconnaissent que l'idée du ruissèlement vers le bas (*trickle-down economics*) ne fonctionne pas. Les chiffres montrent au contraire que, surprise, un modèle qui favorise les riches aide surtout, voire uniquement, les riches. Pendant que leur revenu s'accroissait substantiellement au cours des dernières décennies, celui de la classe dite moyenne a stagné. Et que dire des plus démunis, qui doivent composer avec toujours moins quand les gouvernements, tous partis confondus, se lancent dans une nouvelle ronde de « rigueur budgétaire ».

« Il faut plus de millionnaires », entonnent en chœur les partisans néolibéraux du ruissèlement vers le bas. Ils ne semblent pas réaliser que les modèles théoriques sur lesquels tant d'économistes s'appuient prouvent avec le temps leur totale déconnexion de la réalité. Dès lors qu'on vous parlera d'un *consensus économique* autour d'une idée, doutez.

La science économique, bien qu'elle le souhaite vivement, ne sera jamais une science exacte. Elle traite de sujets éminemment sociaux et humains, pas de phénomènes naturels comme la gravité ou les champs magnétiques. L'économie est d'ailleurs la seule discipline dite scientifique au sein de laquelle deux personnes qui disent à peu près l'inverse l'une de l'autre peuvent tout de même se mériter chacune leur prix Nobel.[11]

Prenons par exemple cent ménages : il est de loin préférable — sur le plan du développement économique d'une société — que chaque million de dollars de richesse collective créée soit partagé au sein des ménages, plutôt que de voir un seul ménage engranger la part du lion pendant que les autres stagnent. Pourtant, la statistique réelle du 1 % qui possède davantage que le 99 % nous indique qu'un ménage bénéficiera à lui seul de plus de 500 000 $, alors que les 99 autres recevront en moyenne moins de 5 000 $ chacun, soit un centième de ce dont jouira le 1 %. Encore ici, il est difficile de justifier une telle situation.

Les plus ardents défenseurs de l'accumulation de la richesse citeront les États-Unis comme modèle. Mais ils omettront sans doute de vous mentionner que des dizaines de millions de personnes y ont besoin chaque année de coupons alimentaires d'urgence pour se nourrir. Indication additionnelle que la simple mesure du PIB ne dit rien sur la richesse véritable d'un peuple : nos voisins étatsuniens sont riches en millionnaires, mais millionnaires en pauvres.

Quant à l'argument voulant que le désir d'une plus grande équité témoigne d'un malaise avec le succès, il est totalement désuet. S'opposer à l'injustice ne signifie pas être contre le succès, au contraire. Le vrai succès, c'est d'être assez intelligents et évolués pour mieux répartir au fur et à mesure la richesse qui est, répétons-le, toujours créée collectivement. Les endroits comme le Québec qui figurent au sommet des classements en matière de bienêtre et de bonheur sont d'ailleurs aussi, systématiquement, les plus égalitaires. Voilà ce qu'est le succès.

---

11 Formellement, Alfred Nobel n'avait pas instauré de prix pour les sciences économiques, mais la Banque de Suède (*Sveriges Riksbank*) en décerne un depuis 1969 en sa mémoire. En 2013, il a été remis à Eugene Fama et à Robert Shiller : le premier pour ses travaux sur l'efficience des marchés et l'hypothèse que les prix reflètent parfaitement toute l'information disponible (et donc, en gros, que les bulles spéculatives n'existent pas); le second pour ses travaux sur l'exubérance irrationnelle des marchés. Deux théories diamétralement opposées.

Si pour certains le succès implique qu'ils puissent accumuler pour eux seuls une richesse excessive, rappelons-leur que l'accumulation de millions serait impossible sur une ile déserte, sans professeurs, collègues, clients, fournisseurs, infrastructures publiques, gouvernements, etc. Et la limitation des revenus n'empêcherait pas ceux qui atteindraient la borne supérieure de vivre dans l'abondance: on parlerait tout de même de beaucoup d'argent. C'est la richesse obscène côtoyant une pauvreté abjecte qu'il faut éliminer.

L'exil fiscal

Si le fait de légiférer sur des revenus minimal et maximal est une évolution naturelle visant à atteindre une certaine équité socio-économique, il n'en demeure pas moins qu'un formidable outil de redistribution réside d'abord en un système fiscal efficace. Cela implique que chacun paie son dû selon ses moyens et qu'il existe une confiance solide à l'égard de ce système. Sur ce plan, les exils sont généralisés, que l'on parle de modestes particuliers ou de grandes entreprises.

Chaque petit tricheur aura ses justifications bancales pour éviter ou carrément frauder le fisc. Pour appliquer aux impôts une formule d'Abraham Lincoln[12], s'ils pensent que les services publics leur coutent trop cher, qu'ils en testent l'absence. Rappelons simplement que le cout des services de santé privés est historiquement l'une des principales causes de faillite personnelle chez nos voisins du sud, en l'absence d'un système public universel comme le nôtre, financé par les impôts.

---

12 La formule attribuée à Lincoln concernait l'éducation: «Si vous pensez que l'éducation coute cher, essayez l'ignorance.»

En ce qui a trait aux grands filous individuels et du milieu des affaires qui exilent leur capital en recourant à des combines douteuses, le philosophe Alain Deneault a illustré très concrètement les conséquences de leurs pratiques: lorsqu'on attend trop longtemps le prochain autobus ou que l'on exerce notre patience dans l'espoir d'une intervention chirurgicale importante, c'est à cause des paradis fiscaux.[13]

Il est par définition extrêmement difficile de connaitre les sommes précises en jeu lorsque l'on parle d'argent caché au fisc, mais les estimations mondiales sont de l'ordre de milliers de milliards de dollars, des sommes qui dépassent l'intelligibilité. Ce contournement planifié de responsabilité fiscale prive globalement les gouvernements de revenus qui se chiffrent en centaines de milliards de dollars, selon l'OCDE.[14]

Il faut lutter contre toutes les formes d'évasion (illégale) et d'évitement (immoral) fiscaux, petites ou grandes. Mais il est indéniable que les savants stratagèmes locaux et outre frontières des possédants minent la confiance du contribuable moyen, qui se demande pourquoi il devrait, lui, se saigner pour compenser ce que les mieux nantis ont les moyens techniques de ne pas payer.

Il s'en trouve encore pour dire que la somme des petites évasions fiscales des particuliers pèse plus lourd dans la balance que les grandes manœuvres de cabinets spécialisés abonnés à la fiscalité créative. Devons-nous préciser à quelle caste appartiennent les gens qui ont ce discours?

De façon récurrente, des lobbys bien dirigés portent le message que les mieux nantis payent plus d'impôts que leur proportion des revenus dans la société. Il faudrait que quelqu'un leur

13 Alain Deneault, *Une escroquerie légalisée. Précis sur les «paradis fiscaux»* (Écosociété, 2016).

14 oecd.org/fr/ctp/laluttecontrelafraudefiscale.htm

réexplique le principe d'un système d'imposition progressif.[15] Un dollar additionnel de revenu quand vous gagnez déjà beaucoup n'est absolument pas équivalent au dollar additionnel sur un salaire plus modeste. L'un ajoute simplement à l'accumulation et ne change pas fondamentalement la vie, alors que l'autre fait une différence réelle dans le pouvoir d'achat de base d'un ménage.

Sans surprise, et sans cohérence de leur part, les mêmes intervenants insistent sur la situation soi-disant catastrophique des finances et de la dette publiques. Ils organisent même des artifices sensationnalistes, comme un compteur en direct de la dette publique du Québec, au cent près afin que les chiffres défilent à une vitesse ahurissante.

Tristement, ils se gardent bien d'ajouter à leurs services essentiels un compteur en direct de l'évasion fiscale.

15 On oublie souvent que même un pays à la mentalité individualiste comme les États-Unis a imposé durant une bonne partie du siècle dernier un taux marginal qui dépassait largement les 50%, jusqu'à environ 90% à son sommet.

Transformer le modèle de développement

Un journaliste : « Monsieur Gandhi, que pensez-vous de la civilisation occidentale ? »

Gandhi : « Je pense que ce serait une bonne idée. »

SI NOUS DESSINIONS À NEUF LA SOCIÉTÉ, nous éviterions d'y inclure de nombreux dysfonctionnements auxquels nous acquiesçons pourtant actuellement. Cette résignation collective, somme d'exils individuels, entretient un modèle qui n'a pas sa raison d'être et qui peut faire place à du nouveau, pour peu qu'on s'y mette.

Mieux s'adapter au modèle actuel est certes une évolution; mais le transformer serait une révolution. Dans le premier cas, il s'agit de pallier les lacunes évidentes d'un système qui crée trop de laissés-pour-compte, en recourant aux services sociaux, à la philanthropie, aux organismes communautaires, etc. Dans le deuxième cas, il s'agit de faire en sorte que le système lui-même produise moins de gens qui auront besoin de ces services palliatifs.

On pourrait commencer par un ajustement des cursus collégiaux et universitaires, en cessant d'enseigner presque exclusivement des modèles économiques et financiers qui ne fonctionnent pas. Ces dogmes incluent l'hypothèse de marchés parfaits, selon laquelle le prix de chaque chose devrait être l'ultime outil de décision. Les aspects environnementaux et sociaux sont ignorés dans cette approche purement comptable, sur laquelle se fondent les *think tanks* de la droite économique. Or, quand les « externalités » négatives sont plus importantes que les bienfaits du projet lui-même, il y a lieu de s'interroger.

Le ruissèlement vers le bas, la croyance que les bonis augmentent la productivité, l'idée que toujours plus de libre-échange est souhaitable, la supposée allocation ultraefficace des ressources par le secteur privé, l'existence d'agents soi-disant rationnels (nous): toutes ces notions ont été remises en question par les données empiriques et doivent être accompagnées de sérieuses mises en garde si on les enseigne sur le plan conceptuel. Les théories économiques sont des outils fondamentaux, mais les économistes doivent cesser d'attendre que la réalité se conforme à leurs modèles. Ne rangeons donc pas tout de suite la planche à dessin.

Depuis des décennies, le modèle dominant s'appuie sur l'idée que les marchés laissés à eux-mêmes sont le moyen le plus efficace de mener au bienêtre d'une société. Les tenants de cette famille de pensée estiment que si chaque personne ne pense qu'à elle-même, égoïstement, et maximise son propre confort avant toute chose, le collectif trouvera automatiquement son bienêtre optimal. Cette idée est aussi insensée que le dicton «Si tu veux la paix, prépare la guerre». On devinera que si même ceux qui veulent la paix préparent la guerre, les colombes n'élèveront pas bien haut leur rameau d'olivier. Si l'on vise le bienêtre collectif, il est paradoxal d'indiquer à chacun de se concentrer sur sa région ombilicale. C'est bien ce modèle individualiste qui a mené aux inégalités actuelles.

Les plus fervents défenseurs de cette approche prétendent, chiffres à l'appui, que des millions de personnes défavorisées sont moins pauvres grâce à elle. Ils oublient de mentionner que la richesse relative est un meilleur gage de paix sociale que la richesse absolue. Doubler le revenu d'une population dans le besoin l'amènera peut-être à manger enfin plus d'une fois par jour dans son indigence réduite, mais si cela se fait en parallèle à des millionnaires qui deviennent milliardaires, le déséquilibre demeure entier.

Ces marchés libres qui sont tout sauf libres

Les tenants du marché à tous crins parlent d'une loi naturelle où chacun prendrait librement ses décisions, lesquelles seraient en fin de compte une illustration de la volonté collective. Ce n'est pourtant pas la nature qui a mené au déséquilibre intenable dans la répartition des richesses, mais plutôt des institutions mises en place avec le temps et qui font que les possédants peuvent non seulement protéger, mais accroitre leur part.

Vous avez peut-être remarqué à quel point les entrepreneurs adorent la concurrence... jusqu'à ce qu'ils atteignent une part dominante de marché. Les voilà tout à coup plus défensifs, voire hostiles à l'égard de nouveaux joueurs. En Russie, les oligarques des années 1990 ont réclamé un état de droit, mais seulement après avoir spolié l'État de ses actifs à la suite de l'effondrement de l'URSS. L'heure était venue de protéger leurs acquis.

Dans la nature, la vraie, jamais un animal ne pourrait accumuler autant de ressources que 99 de ses congénères. Les économistes têtus sont invités à tester cette réalité : qu'ils partent en forêt avec autant de nourriture que 99 compagnons de randonnée réunis. À moins d'avoir d'immenses clôtures qui protègent leur butin (l'équivalent des institutions de marché), un meilleur partage se produira dès la fin de la première journée, quand les estomacs se feront entendre.

Le rééquilibrage des trois piliers

Dans un ouvrage récent[16], le professeur montréalais Henry Mintzberg parle des trois piliers sur lesquels une société est bâtie : le pilier gouvernemental, le pilier de l'entreprise privée et le pilier pluriel, que j'appellerai ici le pilier collectif. Ce dernier

---

16 Henry Mintzberg, *Rééquilibrer la société. Pour un renouvellement radical au-delà de la gauche, de la droite et du centre* (Somme toute, 2016).

regroupe, au sens large, tout ce qui n'est pas contrôlé par l'État ou détenu par le privé, soit les entreprises collectives—coopératives, mutuelles et organismes à but non lucratif (OBNL)—, les groupes communautaires, les associations de bénévoles, les syndicats, etc.

Il faut arriver à un équilibre sain entre ces trois moteurs de développement. Au siècle dernier, dans les pays d'Europe de l'Est, les abus du pilier gouvernemental ont mené à des populations moins qu'heureuses. De même, on peut dire que le pilier privé occupe actuellement une place démesurée dans le paysage socio-économique, avec pour résultat un accroissement intenable de la concentration des richesses et un développement débridé nocif pour l'environnement.

Le pilier collectif peut jouer un rôle fondamental dans la répartition plus équitable de la valeur créée, car la forme de propriété des entreprises collectives (aussi appelées entreprises d'économie sociale) assure que les profits ou les surplus seront distribués collectivement. Les coopératives et les OBNL peuvent créer exactement la même richesse qu'une entreprise privée, mais leur mécanique sous-jacente empêche sa concentration indue entre quelques mains.

> La difficulté n'est pas de comprendre les nouvelles idées, mais de se libérer des vieilles idées qui se sont incrustées dans chaque recoin de notre esprit.
> **—John Maynard Keynes**

Pour que le pilier collectif puisse prendre sa place, il faudra combattre les préjugés dont il est toujours la cible. L'économie sociale et l'entrepreneuriat collectif sont encore trop souvent perçus comme étant un secteur d'activité «charitable» plutôt qu'un mode de développement économique en bonne et due forme qui s'applique à *tous les secteurs* d'activité économique. On les associe de façon réductrice aux services à la personne et au domaine du communautaire, voire à la lutte contre la pauvreté.

Certes, plusieurs secteurs proches des services à la personne font partie de l'économie sociale et en sont d'ailleurs une grande fierté (réseau des CPE, entreprises d'insertion, entreprises adaptées, services à domicile pour personnes âgées, etc.). Mais au Québec, on trouve aussi de très nombreuses entreprises collectives d'importance majeure dans plusieurs autres secteurs, que ce soit dans les services financiers (Mouvement Desjardins), en agroalimentaire (la Coop fédérée, Agropur), en haute technologie (la Guilde des producteurs indépendants de jeux vidéos, la Société des arts technologiques), en culture (la majorité des festivals), etc.

Nous faisons même figure de leader mondial en entrepreneuriat collectif, ce que confirme l'adoption en 2013 d'une loi cadre sur l'économie sociale. Ce mode de développement représente au dernier décompte plus de 10 % de notre économie, avec un chiffre d'affaires de plus de 40 milliards de dollars et des centaines de milliers de travailleurs répartis dans plusieurs milliers d'entreprises. Son poids dans l'économie du Québec dépasse celui de secteurs aussi symboliques que la construction, l'aéronautique, l'automobile et les mines.

La force de son pilier collectif et le nombre élevé d'entreprises d'économie sociale ont aidé le Québec à mieux traverser que d'autres nations la dernière grande crise économique. Tel que le démontre le ministère de l'Économie, de la Science et de l'Innovation, les entreprises coopératives affichent un taux de survie de beaucoup supérieur aux entreprises privées.[17] De plus, elles fournissent généralement des emplois ancrés dans leur territoire

---

17 economiesocialemauricie.ca/userImgs/documents/CRES/TauxdesurviecoopSommaire_MDEIE2008.pdf

et donc très peu délocalisables, contribuant ainsi à une vitalité économique plus pérenne.[18]

Le pilier gouvernemental a également joué un rôle important pour adoucir les effets du ralentissement économique mondial. La mentalité associée au pilier financier privé ayant causé la crise, l'idéologie du privé-fait-tout-mieux en a pris pour son rhume.

L'importance de la forme de propriété

De nouvelles étiquettes sont apparues récemment qui ont causé leur part de confusion chez les observateurs. L'*entrepreneuriat social* tel que défini au Québec[19], bien que de loin préférable au capitalisme sauvage, demeure une forme d'entreprise privée à propriété individuelle qui ne repose pas sur les mêmes mécanismes intrinsèques de redistribution de la richesse que les entreprises collectives d'économie sociale.

La professeure Marie Bouchard, de l'UQAM, établit un parallèle fort efficace pour illustrer la distinction. Bien que les valeurs recherchées dans un nouveau modèle de développement puissent se retrouver à la fois en économie sociale et en entrepreneuriat social, elles font partie de l'ADN de la première, tandis qu'elles se situent plutôt dans le vêtement du second. On peut porter son vêtement aussi longtemps qu'on le souhaite, mais on peut aussi le retirer en temps de crise si certaines circonstances ou pressions l'imposent. L'ADN, lui, demeure.

Il ne s'agit pas de transformer toutes les entreprises privées en coopératives ou en OBNL, mais bien d'atteindre un meilleur

18 On ne voit pas d'OBNL ou de coopérative délocaliser ses opérations en Asie ou en Amérique latine pour pouvoir offrir un rendement accru aux propriétaires.

19 Les «entreprises sociales» conservent une forme de propriété individuelle, par opposition aux entreprises collectives comme les coopératives ou les OBNL, mais visent néanmoins à remplir une mission sociale en parallèle à leurs activités marchandes.

équilibre entre les piliers gouvernemental, privé et collectif. Grâce aux innovations en cours, il sera un jour aussi facile pour une coopérative ou un OBNL de se livrer à une ronde de financement que ce l'est actuellement pour le secteur privé.[20] On ne parle pas d'une guerre de remplacement : dans tous les cas, la collaboration entre les trois sphères sera à favoriser.

De l'obsolescence d'un modèle visant l'obsolescence

Nous parlions précédemment de légiférer pour limiter la rémunération excessive. Il existe un autre domaine où une législation sera nécessaire : l'obsolescence programmée, qu'il faudrait interdire. Cette pratique détestable découle du rouleau compresseur de la croissance pour la croissance et de l'obligation d'augmenter les ventes à tout prix pour plaire à l'actionnaire. Elle est contraire à toute éthique envers sa clientèle et fait fi des ressources limitées et du surplus de déchets phénoménal qu'elle crée dans son sillon.

Les ingénieurs qui acceptent de dessiner des produits à durée de vie limitée ne sont pas les seuls à pointer du doigt. Les gens de marketing ont réussi à programmer l'obsolescence dans nos esprits mêmes. Combien de personnes renouvèlent fréquemment leur garde-robe[21], ou se procurent un nouveau modèle de téléphone alors que le leur est encore parfaitement fonctionnel ? Apple est passée maitre dans le domaine avec des files d'attente devant ses boutiques à chaque lancement—fréquent —d'une nouvelle gamme de produits qui en remplaceront d'autres, pratiquement neufs.

---

20 Il est aujourd'hui plus simple pour un entrepreneur privé que pour un entrepreneur collectif de trouver du capital pour lancer une entreprise dans des secteurs comme les technologies ou les services financiers.

21 L'industrie de la mode est le deuxième plus grand pollueur d'eau sur la planète, tout juste derrière l'industrie pétrolière. On peut y penser à deux fois avant d'acheter un énième vêtement.

Il n'en demeure pas moins que la population elle-même a, à nouveau, le rôle le plus important à jouer dans cette prise de conscience. Sur ce plan, la nouvelle génération nous permet d'espérer. Pour bon nombre de jeunes avec qui je collabore, l'estime de soi et la satisfaction personnelle passent davantage par l'impact positif qu'ils visent à avoir sur leur collectivité que par l'accumulation de possessions et la démonstration ostentatoire et futile d'une richesse *bling bling*.

La nécessité de donner l'exemple

Transformer un modèle passe par des porteurs inspirants qui influenceront à la fois les nouveaux esprits et seront l'étincelle de changement pour ceux qui ont encore de vieux réflexes. Si l'on faisait aujourd'hui un *vox pop* pour recueillir des noms d'entrepreneurs ou de leaders à succès, il est fort probable que l'on récolterait majoritairement, voire uniquement, ceux de riches dirigeants d'entreprises privées. Mais les choses pourraient bientôt changer.

Il existe de magnifiques exemples de gens qui ont sauvé un village, revitalisé un quartier ou fondé des entreprises collectives répondant aux besoins précis d'une communauté. Ces gens, sans selfies, communiqués de presse ou spécialistes des relations publiques, ont souvent eu un impact social positif beaucoup plus grand que bien des dirigeants d'entreprises vedettes. À quand une série télé pour les *Dragons collectifs*, basée non pas sur la seule capacité de s'enrichir personnellement, mais sur l'impact économique, social, environnemental et culturel d'une initiative ?

Il faudra aussi une structure pour assurer l'avènement rapide d'un nouveau modèle. Miser sur l'espoir que les gens changent un jour de valeurs pourrait prendre passablement de temps. Il ne faut donc pas attendre que plus d'entrepreneurs deviennent altruistes dans le modèle actuel, mais plutôt faire en sorte que la création d'entreprises collectives soit un réflexe plus présent chez ceux-ci afin de *transformer* le modèle.

Le Québec, comme bien des sociétés occidentales, fera face à un enjeu de relève entrepreneuriale ces prochaines années. Il s'agira d'une excellente occasion de voir à ce que bon nombre de reprises d'entreprises se fassent de façon collective, par les travailleurs eux-mêmes, sous forme de coopératives ou d'OBNL. J'aurais rêvé de voir *Le Devoir* et *L'actualité* s'unir dans un nouveau modèle d'affaires autour d'une coopérative de journalistes et d'abonnés.

Déjà, il y a un virage générationnel perceptible chez les entrepreneurs. Très souvent, les nouveaux projets de *startups* ajoutent un aspect social à leur mission. La structure même d'une entreprise collective offre une garantie de plus: l'engagement et l'ancrage dans la communauté y sont intégrés, et non pas basés sur les bonnes intentions, qui varient au gré des gens.

Quand on dit *économie sociale*, il faut cesser de voir péjorativement le mot *sociale*. Le mot *société* vient du latin *societas*, qui signifie «union» ou «association». Il exprime, dans ses racines mêmes, que penser en individualiste dans un contexte social est antinomique. Même le mot *économie* revêt de nos jours une connotation de prospérité individuelle, alors qu'il vient du grec ancien *oikonomia*, référant à la gestion des affaires de la maison et du milieu.

Joints dans un ordre inversé, les mots *société* et *économie* illustrent parfaitement la différence fondamentale entre le modèle actuel, intenable, qui subordonne toute initiative aux impératifs économiques, et ce qui devra être le prochain modèle, qui mettra l'accent sur le bienêtre de la population avant le profit personnel. Les deux mêmes mots, donc, mais dans un ordre différent: nous devrons passer d'une *société économique* à une *économie sociale*.

Au cours de l'histoire humaine, bien des concepts ont été testés pour gérer les enjeux de chaque époque. La religion a longtemps été considérée comme la planche de salut. La course aux armements a eu son apogée comme mode de gestion des grands ensembles. Plus récemment, la financiarisation à outrance et les dogmes économiques ont semblé guider notre développement. On devra tôt ou tard se rendre à l'évidence que ce sont la coopération et un meilleur partage des fruits de l'activité humaine qui maintiendront nos sociétés en paix.

Faire son LIT

Un avenir, cela se façonne, un avenir cela se veut.

—Raymond Barre

ON PEUT SUBIR L'AVENIR ou décider de le construire. Il m'est impossible d'écrire sur *la fin des exils* sans parler de ce qui pour moi constitue le plus grand exil collectif toujours présent dans le paysage québécois : le contrôle incomplet de notre destinée comme peuple. Les peurs, encore elles, ont contribué au fait que si le Québec ne souffre pas d'un manque total de liberté, il souffre néanmoins encore à ce jour d'un manque de liberté totale. Dans tous les contextes, l'existence s'affirme mieux qu'elle se demande.

Précisons-le d'entrée de jeu : la souveraineté du Québec n'est pas un projet anticanadien. Pas plus qu'un Canada souverain face aux États-Unis n'est un projet antiétatsunien. Et il ne faut pas vouloir faire du Québec un pays à cause de ce que d'autres nous ont fait dans notre histoire, mais bien pour ce que nous voulons faire nous-mêmes de notre avenir.

Je n'ai pas de sondage scientifique en main, ni d'étude formelle sur le sujet, mais j'ai l'intime conviction qu'une forte proportion de gens qui ont voté NON aux deux référendums ne l'ont pas fait par attachement profond au statuquo. Dire que ces deux campagnes ont été des champs de bataille remplis d'épouvantails serait un euphémisme. Tous les arguments de peur ont été lancés, marquant des points moins que gracieux, mais efficaces pour maintenir l'ordre établi.

La manufacture de doutes et les fausses promesses politiciennes de réformes sont mises à contribution dès lors que la question se pose à savoir si le Québec devrait contrôler son destin.

Près de 200 autres pays dans le monde le font pourtant déjà. Or, on n'en a jamais vu un regretter son indépendance et vouloir revenir à son ancien état de tutelle. Pourquoi serions-nous les premiers à ne pas apprécier cette souveraineté ?

> Pour qu'un destin conserve sa grandeur et sa noblesse
> il faut avoir le choix d'y consentir.
> —**Madeleine Ferron**

Il convient d'abord de définir ce qu'on entend par *souveraineté*. On ne parle pas d'autarcie ou de renfermement sur soi. Il s'agit au contraire d'une affirmation et d'une ouverture sur le monde, basées sur trois choses toutes simples : voter nous-mêmes nos lois ; percevoir nous-mêmes nos impôts ; négocier nous-mêmes les traités qui nous lient aux autres peuples du monde. Lois, impôts, traités : en d'autres termes, faire son LIT.

Dans l'état actuel des choses, un parlement situé hors Québec, composé en forte majorité de gens qui ne vivent pas au Québec et n'en connaissent pas la culture, décide de nombreuses lois auxquelles nous sommes soumis, perçoit une part considérable de nos impôts et négocie en notre nom des accords internationaux, dont d'importants accords commerciaux comme l'ALENA.[22]

Ce n'est pas l'enfer : le Québec-province[23] demeure un endroit confortable où vivre sur cette planète. Mais le désir d'indépendance n'est pas réservé aux peuples malheureux ou exploités.

---

22 Le président des États-Unis, Donald Trump, a demandé la renégociation de l'Accord de libre-échange nord-américain (ALENA), qui constitue le principal accord économique auquel le Québec est soumis. Notre « négociateur en chef » dans le cadre de ces discussions est réduit au rôle de lobbyiste auprès de ceux qui, souverains, décideront réellement.

23 Quand je parle du Québec, j'essaie d'utiliser le moins possible le mot « province ». Il dérive du latin *pro victis*, qui signifie « territoire des vaincus ».

Le Canada lui-même ne serait pas en esclavage s'il s'annexait aux États-Unis; il n'en a pourtant aucune envie.

Il peut même arriver que les décisions prises à notre place par un autre parlement rejoignent en tout ou en partie ce que nous aurions nous-mêmes décidé. À ce compte, il peut aussi arriver que le Danemark ou le Japon votent des lois que nous aimons. Mais la démocratie ne consiste pas à souhaiter qu'un autre peuple choisisse par hasard notre chemin préféré, elle consiste à tracer notre itinéraire nous-mêmes.

Quand ceux qui décident à la place du Québec prennent une décision avec laquelle il est d'accord, ça ne fait pas de lui un État libre : ça fait de lui un État dépendant momentanément moins frustré.

Alors que tous les pays du monde protègent jalousement leur souveraineté, le Québec se demande encore s'il a intérêt à s'en prévaloir. C'est une devinette enveloppée dans un mystère à l'intérieur d'une énigme, comme l'aurait dit Churchill.

Désirer les parties sans le tout

Considérons les trois questions suivantes que l'on pourrait hypothétiquement soumettre à la population québécoise :

- Le Québec devrait-il voter lui-même les lois en vigueur sur son territoire ?
- Le Québec devrait-il gérer lui-même les impôts qu'il paye sur son territoire ?
- Le Québec devrait-il négocier lui-même les traités qui le lient aux autres ?

Je soupçonne qu'une majorité répondrait « OUI » à chacune de ces questions, qui constituent dans les faits les bases de la souveraineté. Mais lorsqu'on les a combinées en 1980 et en

1995, ce sont respectivement 40,4 % puis 49,4 % des gens qui ont dit OUI.

> Rien n'est à craindre, tout est à comprendre.
> — **Marie Curie**

Quels sont certains des spectres les plus fréquemment brandis pour nourrir la peur de cette liberté pourtant chérie partout ailleurs ?

Peur n° 1
L'économie

Alors qu'on a fait peur aux gens avec la soi-disant fragilité économique d'un Québec souverain, le fait est que le Québec, en tant que simple province qui ne contrôle pas l'entièreté de son développement, est plus avancé et plus riche que la moyenne des pays de l'OCDE. Tout ce qu'il peut faire en ce moment en tant que province, il pourrait le faire en tant que pays. À l'inverse, tout ce qu'un pays peut faire ne peut pas être fait par une province. Quel statut devrions-nous donc craindre davantage pour l'avenir ?

Le Québec jouit d'une économie prospère et diversifiée. Si l'on classait tous les pays du monde en quintiles, il se retrouverait systématiquement dans le premier selon toutes les mesures habituelles de prospérité économique.

Son territoire est également couvert de ressources qui font l'envie du monde entier, et sa population est parmi les mieux formées et les plus scolarisées de la planète. La dotation naturelle du Québec sur le plan économique est exceptionnelle, ce qui inclut cette ressource primordiale pour l'avenir qu'est l'eau potable. Avec ses réserves uniques, le Québec possède 30 fois plus d'eau potable par personne que la moyenne mondiale.

L'économie du Québec s'effondrerait-elle à la suite de son accession au statut d'État souverain ? Demandons-le à des pays similaires qui l'ont fait dans le passé. La Suède et la Norvège se sont séparées au siècle dernier et n'en sont pas malheureuses, au contraire. Même des pays moins riches que le Québec, comme la République tchèque et la Slovaquie, devenus souverains aux derniers jours de 1992, n'ont aucunement l'intention de revenir à leur statut précédent. Leur économie se porte plutôt bien, avec une croissance plus élevée qu'au Canada ces dix dernières années.

Mais au fond, la souveraineté ne se résume tellement pas à une simple histoire d'argent.

> Qui cherche dans la liberté autre chose
> qu'elle-même est fait pour servir.
> —**Alexis de Tocqueville**

Connait-on à l'avance les conditions économiques d'un Québec souverain qui possèderait tous ses leviers ? Non. Mais on ne connait certainement pas davantage celles d'un Québec qui ne possède *pas* tous ses leviers ! Et bien qu'il soit difficile de quantifier le développement additionnel qui découlerait du fait de prendre toutes nos décisions économiques nous-mêmes, il est clair que cette autonomie décisionnelle ne pourrait qu'améliorer les choses.

Le Québec est fort en énergies propres, en hautes technologies, en culture et création et en produits forestiers, pour ne nommer que ces secteurs. Le Canada est davantage tourné vers l'automobile en Ontario et les énergies fossiles dans l'Ouest. Ses stratégies industrielles, ici comme dans ses discussions à l'étranger, ne sont pas d'abord alignées sur les intérêts et les forces économiques du Québec. Ce n'est pas par méchanceté; c'est plutôt pour voir aux intérêts de sa majorité électorale, qui exclut le Québec. Prenons-en acte et devenons notre propre majorité décisionnelle.

Peur nº 2
Le dollar canadien

Qu'adviendrait-il de notre monnaie d'usage si le Québec devenait souverain ? Il se passerait ce que le Québec voudrait qu'il se passe. Rappelons que le marché des changes (c'est-à-dire les devises internationales) est l'un des plus libéralisés. C'est donc dire qu'il est très facile d'échanger des yens japonais contre des dollars étatsuniens, ou des euros contre des dollars canadiens. Des milliards sont ainsi traités chaque jour.

Premier point à signaler : un Québec souverain pourrait, s'il le voulait, utiliser comme devise le dollar canadien, le dollar étatsunien, le yen ou l'euro, et personne ne pourrait l'en empêcher. Il n'y a pas de permission à demander pour utiliser l'une ou l'autre des devises internationales dans ses échanges, il suffit d'ajuster les transactions en conséquence.

Ensuite, s'il est une entité qui voudra que le Québec conserve le dollar canadien, c'est bien le Canada. Pourquoi ? Parce que les monnaies sont, en termes transactionnels, un bien comme un autre. Si le Québec changeait de devise, il devrait se défaire de ses dollars canadiens, c'est-à-dire les vendre pour acheter une autre dénomination. Cette opération de plusieurs centaines de milliards de dollars ferait fluctuer la valeur du dollar canadien de façon importante. À n'en pas douter, le Canada préfèrerait que le Québec veuille de son dollar.

À court terme, il semblerait d'ailleurs logique que le Québec fasse ce choix. Notre économie utilise déjà cette devise, et le Canada demeurera un partenaire économique de premier plan en tant que voisin direct. On aura tout le loisir de réfléchir à une solution à long terme, qu'elle vise à adopter une devise existante ou à créer une monnaie propre au Québec. Des pays plus petits ou comparables au Québec, et très prospères, ont décidé d'avoir leur propre devise. C'est le cas notamment du Danemark, de la Norvège, de la Suède et de la Suisse.

Peur n° 3
Les finances publiques

Nous l'avons vu précédemment, l'état des finances publiques au Québec n'a rien de catastrophique lorsqu'on le compare aux autres pays de l'OCDE. Au contraire, même. Plusieurs pays riches sont beaucoup plus endettés que le Québec et aucun ne songe à devenir une province pour assainir miraculeusement ses finances.

Le Canada gère-t-il mieux ses finances publiques que le Québec ? Non, mais il jouit d'un avantage indu en ce qu'il perçoit généralement plus d'impôts que ses responsabilités ne le dicteraient (c'est ce que l'on a appelé le déséquilibre fiscal). N'importe quel gouvernement qui perçoit trop de revenus aura le beau rôle. Avant de redistribuer les surplus—vers ceux qui ont payé à l'origine—, il lui suffit d'ajuster ses décisions et ses politiques afin de nettoyer d'abord sa propre ardoise, puis de laisser les gouvernements provinciaux « inférieurs » s'arranger avec ce qui reste.

On a souvent soumis l'argument du partage de la dette canadienne, dont le Québec devrait assumer une part. Un Québec souverain choisirait sans doute de prendre ses responsabilités, bien que la dette soit formellement libellée au nom du Canada. Il y aurait cependant des discussions quant aux actifs canadiens payés en partie par le Québec.

Les économistes férus d'histoire se souviendront d'ailleurs que lors de l'Acte d'Union de 1840, le Québec et l'Ontario avaient vu leurs dettes réunies en une seule dette « canadienne », dans un esprit de franche camaraderie forcée. Or, celle de l'Ontario était immensément plus élevée que celle du Québec. Le Canada souhaiterait-il faire le calcul en valeur actuelle de cette somme astronomique et nous indemniser?

Il faut aussi réaliser que la portion de la dette canadienne revenant au Québec ne serait pas une nouvelle dépense. Le Québec, vu les impôts perçus ici par le Canada, participe déjà activement au remboursement de cette dette. Chose certaine, le simple fait de n'avoir qu'une déclaration de revenus plutôt que deux[24] ferait économiser des centaines de millions de dollars annuellement, que l'on pourrait allouer à d'autres postes de dépenses que des dédoublements de services.

Peur n° 4
La péréquation

Ah, cette fameuse péréquation dont on brandit souvent le spectre comme argument final, comme si elle était une panacée et non une manière de compenser le Québec pour sa subordination. Est-il préférable de déléguer notre développement économique à d'autres intérêts en échange de la péréquation, ou de gérer nous-mêmes notre développement? Poser la question, c'est y répondre.

D'abord, la péréquation n'est pas un système de transfert des provinces riches vers les provinces pauvres, mais plutôt une façon d'équilibrer les capacités fiscales de divers territoires pour que chaque citoyen puisse avoir idéalement accès aux mêmes services publics. La réalité canadienne des récentes années se résume ainsi: les provinces productrices de pétrole transfèrent une part de leur capacité fiscale aux provinces qui ne produisent pas de pétrole, incluant l'Ontario et le Québec.

Ensuite, de tous les bénéficiaires de la péréquation, le Québec est l'endroit où le paiement par habitant est le plus faible (si l'on

---

24 Les Québécois sont les seuls au Canada à devoir remplir deux déclarations de revenus.

exclut l'Ontario, qui est récemment devenue bénéficiaire). Les grands titres affirmant que le Québec reçoit un imposant chèque passent sous silence que cela est simplement dû à l'immense population du Québec par rapport aux autres provinces. Mais pourquoi modérer un grand titre spectaculaire avec des faits ? Ce serait moins vendeur. C'est comme cette baliverne voulant que le Québec se paie ses généreux services publics grâce au pétrole de l'Alberta; si les Québécois ont accès à plus de services enviables, c'est parce qu'ils paient plus d'impôts, point.

Le solde du Québec à l'égard du Canada varie dans le temps. À l'époque du référendum de 1980, pour ne citer qu'un exemple, le Québec donnait plus au Canada qu'il ne recevait. Actuellement, le pétrole a renversé la donne. Cette situation ne sera cependant pas éternelle : l'avenir énergétique ne passe plus par le pétrole. Le Québec a d'ailleurs tout à espérer sur ce plan, puisqu'il est une puissance potentielle en énergie verte.

En éliminant les milliards de dollars induits par des dédoublements de structures et de ministères, et en contrôlant lui-même ses politiques de développement économique plutôt que de se soumettre à celles d'autres intérêts, le Québec ne s'ennuierait certainement pas de la péréquation qui, au mieux, représente une compensation partielle pour les couts réels de notre inclusion au système canadien.

J'utilisais à l'époque l'image suivante pour décrire la péréquation. Vous disposez de 50 $ pour télécharger de la musique sur votre téléphone intelligent. Un voisin vous offre de prendre vos 50 $ et d'investir pour vous 55 $ dans un *package* de musique. À vue de nez, ça semble être une bonne affaire. Ce qu'il ne vous dit pas, c'est qu'il vous procurera de la musique dont vous ne voulez pas et qu'il y aura 10 $ de frais d'administration. Vous vous retrouverez donc avec 45 $ de musique plus ou moins digeste au lieu d'avoir simplement 50 $ de musique à votre gout.

Peur nº 5
Les pensions

Que se passerait-il avec nos pensions? Cet argument d'une grande efficacité auprès des personnes âgées, utilisé à répétition lors des précédentes campagnes référendaires, était l'un des plus pernicieux et des plus mensongers. Les pensions au Québec sont payées avec l'argent que le Québec envoie au Canada, par la voie de ses impôts. Un Québec souverain garde son argent et se paye ses pensions. Il n'y a pas de choses telles que de l'argent «fédéral». Il ne tombe pas du ciel, il provient des contribuables, incluant ceux du Québec.

Peur nº 6
L'armée

L'armée canadienne a été financée en partie par les impôts perçus au Québec. Un Québec souverain pourrait très bien décider de se doter de sa propre armée et aurait les moyens de la financer. En étant moins militariste que le Canada, il pourrait même faire des économies.[25] Des forces d'intervention en cas de catastrophe naturelle n'ont pas le même profil ni ne requièrent les mêmes équipements que des forces d'occupation.

L'exemple du Costa Rica devrait nous inspirer. Ce petit pays, situé dans une zone pourtant beaucoup moins stable que l'Amérique du Nord, a décidé de ne pas avoir d'armée conventionnelle et d'utiliser le budget ainsi dégagé pour augmenter ses

---

25 Le ministre canadien de la Défense a récemment annoncé une augmentation du budget militaire, qui passera de 19 à 33 milliards de dollars au cours de la prochaine décennie. En prenant l'hypothèse d'une contribution de 20% du Québec à ce poste budgétaire canadien, ce sont près de 4 milliards de dollars en taxes et impôts québécois que le Canada alloue actuellement à des dépenses militaires, somme qui croitra à près de 7 milliards. Il est permis de se demander si un Québec souverain utiliserait son argent de la même façon.

investissements en éducation et en santé. Il n'a pas été envahi pour autant, affiche l'économie la plus ouverte de l'Amérique centrale, jouit de la population la mieux éduquée et bénéficie de la plus forte stabilité politique de la région. Les discours de peur proarmée n'ont pas fonctionné, au plus grand bénéfice des Costaricains.

Peur n° 7
Le G8

Un Québec indépendant ne serait pas membre du G8. Cet argument repose sans doute sur le fait que certains s'imaginent le G8 comme une sorte de clan magique, au sein duquel tout est plus joyeux. Le Canada s'est joint en 1976 à ce qui était alors le G6, lequel est devenu ainsi le G7. Puis la Russie s'est ajoutée en 1998, et le G7 s'est transformé en G8. Les autres membres en sont le Japon, l'Allemagne, l'Italie, la France, le Royaume-Uni et les États-Unis.

Or, comme c'est le gouvernement du Canada qui s'y présente avec ses propres intérêts en tête, on peut déjà dire que le Québec, dans les faits, n'en fait pas partie. La souveraineté ne ferait que reconnaitre cette réalité: rien ne serait donc «perdu» pour le Québec.

Notons aussi que parmi les dix pays de la planète dont le PIB par personne est le plus élevé, seuls les États-Unis font partie du G8. L'appartenance à ce groupe n'est pas un gage de prospérité et, à l'inverse, le fait de ne pas en être n'empêche pas de figurer parmi les pays les plus riches du monde. Ironiquement, le Canada représentait 3% de l'économie mondiale quand il s'est joint à ce forum en 1976, alors qu'il n'en représente aujourd'hui que 2%.

Et puis, en quoi est-ce si prodigieux de participer au G8, quand il existe de nombreux autres forums économiques plus inclusifs?

Des pays comme la Chine, le Brésil ou l'Inde, dont l'économie et l'importance sur le plan mondial sont en forte croissance, ne font pas partie du G8, qui représente en quelque sorte la «vieille garde» de l'économie mondiale.

Peur nº 8
La tendance historique

D'une certaine manière, on a réussi à convaincre faussement une partie de la population que l'apparition de nouveaux pays sur la carte est chose du passé, et que vouloir faire du Québec un pays irait à contresens de notre époque. Pourtant, les faits sont clairs: de plus en plus de pays souverains apparaissent dans le monde à mesure que les peuples affirment leur volonté d'autonomie politique.

Un Québec souverain s'inscrirait parfaitement dans la mouvance mondiale. Le principal forum international de pays souverains, l'Organisation des Nations Unies (ONU), comptait 51 membres lors de sa fondation en 1945. En 1980, quand le Québec a tenu son premier référendum, ce nombre avait plus que triplé, passant à 154. En 1995, avant que le Québec ne tienne son deuxième référendum, il était à 185. Aujourd'hui, ce sont 193 pays souverains qui sont membres de l'ONU.

Quant à l'argument européen de la tendance au rapprochement des pays plutôt qu'à leur souveraineté, rappelons que l'Union européenne est constituée de 28 pays souverains (le Royaume-Uni en fait toujours partie, techniquement) qui se sont regroupés sur une base essentiellement économique. Tous ces pays demeurent donc des États indépendants. Nous n'en sommes pas à une fédération dans laquelle des parlementaires britanniques, par exemple, pourraient décider des lois criminelles qui prévaudront en France. Tous les pays membres de l'Union européenne ont tenu à garder leur siège distinct d'État souverain à l'ONU et dans toutes les principales organisations internationales.

Peur n° 9
La petitesse

Même des sympathisants à la cause souverainiste parlent parfois du Québec comme d'un petit peuple, ce qui est objectivement inexact. Avec plus de huit millions d'habitants, le Québec est en fait plus populeux que la majorité des pays sur la planète. Nous sommes donc, à tout le moins, un peuple de moyenne taille. On peut par ailleurs remarquer que la presque totalité des pays les plus riches et les plus avancés sont de taille similaire ou inférieure au Québec. L'absence de surpeuplement n'est absolument pas négative.

Quant à sa géographie, le Québec n'est rien de moins qu'un mastodonte, étant plus vaste que 90% des pays du monde. À titre de comparaison, notre territoire est plus grand que 21 des 28 pays de l'Union européenne *réunis*.

Nous ne sommes ni petits en taille ni petits en nombre, et surtout pas petits en créativité.

«Peut-être quelque chose comme un grand peuple»: j'ai toujours trouvé cette célèbre phrase de René Lévesque d'une morosité sans nom. Elle est entièrement construite sur le doute. Elle est poétique, certes, mais elle définit mal ce que le Québec a réalisé de formidable dans sa courte histoire et à quel point il est, à bien des égards, rien de moins qu'un géant.

Peur nº 10

La prochaine crise économique mondiale

Mais que ferait donc un Québec souverain si une autre crise économique mondiale devait survenir ? La même chose que tous les États souverains, c'est-à-dire qu'il utiliserait ses propres outils selon ses propres réalités et intérêts pour faire face à la crise. Le Québec est actuellement confronté aux mêmes enjeux que tous les pays occidentaux, mais il ne contrôle pas tous les leviers pour y répondre et ne peut participer aux tables internationales où les solutions potentielles sont abordées.

Sommes-nous plus forts sous l'égide d'un autre gouvernement, en temps de crise ? À nouveau, posons la question : durant la crise de 2008, combien de pays souverains ont suggéré une fusion avec leurs voisins ou une subordination de leurs intérêts afin de mieux s'en sortir ?

Peur nº 11

L'union fait la force

Il faut distinguer l'union qui fait la force de l'union que la force fait. L'union qui fait la force est celle des États qui collaborent librement. Il ne s'agit pas simplement de dire que plus grand sera mieux, sinon pourquoi le Canada ne fusionne-t-il pas avec les États-Unis ? Si on proposait aux Canadiens de laisser les Étatsuniens voter leurs lois, percevoir leurs impôts et parler pour eux dans les forums internationaux, l'offre ne serait pas considérée très longuement. Pourquoi ce qui semble inconcevable pour le Canada ne le serait-il pas pour le Québec ?

En utilisant les mêmes arguments qu'on sert au Québec, on pourrait dire au Canada qu'il bénéficierait d'un plus grand marché économique s'il se joignait aux États-Unis et que, comble du bonheur, il pourrait même arriver de temps à autre qu'un Canadien soit président de l'union résultante.

Le Canada ne serait toujours pas partant : il connait les avantages que procure la souveraineté et il y tient.

Peur n° 12
Le renfermement sur soi

Il est difficile de comprendre l'accusation selon laquelle la souveraineté est un projet qui nous renferme sur nous-mêmes. Cet argument des plus bancals va contre toute logique.

Prenons ces deux exemples :

- Un peuple dont le statut est celui de province d'un autre État souverain. Il ne siège par conséquent à aucune table internationale majeure et ne peut pas influencer directement les discussions sur les grands enjeux de l'époque.
- Un peuple qui est souverain et qui parle directement aux autres peuples grâce aux nombreuses tables internationales auxquelles il siège à titre de pays, ainsi qu'à travers les ambassades étrangères sur son territoire et celles qu'il installe dans d'autres pays.

Lequel de ces deux peuples est le plus à même d'être ouvert sur le monde et de former des citoyens en phase avec leur époque ? Il n'y a pas de tables interprovinciales ou intercantonales vraiment influentes sur le plan mondial, il n'y a que des tables regroupant des pays souverains.

Peur n° 13
L'état général du Québec

On en trouve qui, plutôt favorables à la souveraineté, portent néanmoins un discours affirmant qu'il faudrait d'abord « réparer » le Québec avant de souhaiter en faire un pays. On dira par exemple qu'il faut d'abord assainir les finances publiques — alors qu'on pourrait justement mieux le faire comme État souverain (entre autres en n'investissant plus dans des programmes canadiens couteux dont nous ne voulons pas, notamment dans les secteurs militaire et pétrolier).

Chose certaine, si tous les peuples du monde s'étaient dit qu'il faut d'abord être parfait ou moins endetté avant d'être souverain, l'assemblée de l'ONU serait une salle vide.

Quand on a un caillou dans son soulier, on peut décider de nier son existence, s'entêter à adapter sa démarche pour réduire l'inconfort, ou simplement l'enlever pour marcher normalement.

Peur n° 14
Le vieux débat

> Une nation fatiguée de longs débats consent volontiers à ce qu'on la dupe, pourvu qu'on la repose. Et l'Histoire nous apprend qu'il suffit alors de ramasser dans tout le pays un certain nombre d'hommes obscurs ou dépendants, et de leur faire jouer devant elle le rôle d'une assemblée politique, moyennant salaire.
> —**Alexis de Tocqueville**

La souveraineté des peuples n'avait pas plus de valeur avant. Les États souverains protègent de nos jours leurs prérogatives aussi farouchement qu'à toute époque. Il s'agit d'une liberté d'action dont les avantages sont intemporels et qui sera toujours préférable à la tutelle.

Est-ce donc parce que deux tentatives n'ont pas fonctionné, depuis 40 ans, qu'il faudrait passer à autre chose ? Combien de tentatives et de travail de conviction a-t-il fallu avant que les femmes n'obtiennent le droit de vote ? Devrions-nous passer à autre chose parce que la paix n'existe pas partout dans le monde, malgré plusieurs tentatives ? Les systèmes de santé et d'éducation sont des sujets de débats récurrents, voire permanents :

devrions-nous passer à autre chose? Et quand on oppose la soi-disant *vieille* idée de souveraineté au statuquo qu'est la monarchie, qu'est-ce qui sent davantage le vieillot?

C'est un aspect fondamental d'une démocratie en santé que de pouvoir poursuivre une cause, peu importe les efforts et le temps qu'il faille y consentir pour la faire éventuellement gagner. Comment peut-on en arriver à un point où la recherche de la liberté elle-même est considérée comme un sujet dont on ne veut plus entendre parler?

C'est que dans ce nouveau monde *postnational*, les frontières et les pays n'existent plus, nous disent les plus rêveurs. La première chose qu'ils doivent cependant montrer quand ils veulent en découvrir la diversité, c'est un passeport en règle qui identifie leur pays d'origine et qui teintera automatiquement le traitement qu'en fera l'agent des douanes, pour le meilleur et pour le pire.

Et pour encore longtemps.

> On peut gravir l'Everest pour soi-même, mais c'est
> le drapeau de son pays qu'on plante au sommet.
> — **Margaret Thatcher**

La réalité du Québec ici et dans le monde

J'ai eu l'immense chance de visiter quelques dizaines de pays durant ma carrière, et jamais je n'ai pu voir ailleurs quelque chose qui manquait au Québec pour qu'il assume son propre destin. Certaines spécificités nous sont uniques, certaines le sont à d'autres pays, mais les fondements nécessaires à un État souverain sont indéniablement réunis au Québec.

Nous pourrions réinventer une véritable relation fraternelle, d'égal à égal, avec les Premiers Peuples. Nous connaissons davantage les us et coutumes des Japonais, des Allemands ou des

Mexicains que celles des 11 nations avec lesquelles nous vivons. Quelle anomalie…

Nous pourrions renforcer le pouvoir décisionnel local et augmenter les ressources budgétaires nécessaires au développement des régions et des municipalités sur tout le territoire avec les impôts que nous cesserions d'envoyer hors Québec.

Nous pourrions offrir aux entrepreneurs un environnement plus simple, délesté d'un palier entier de gouvernement éloigné des réalités du Québec.

Forts de nos énergies vertes hydraulique, solaire, éolienne et de biomasse, nous pourrions être des leaders sur le plan environnemental. Et ce, sans craindre d'être exclus d'un accord comme celui de Kyoto par un gouvernement canadien dépendant des ressources fossiles. Nous pourrions aussi décider nous-mêmes d'accepter ou de bloquer un projet de pipeline sur notre territoire.

Nous pourrions être une voix raisonnable de plus dans les discussions internationales, à une époque où ces voix ne sont pas en si grand nombre. À cet égard, en cohérence avec notre nature profondément pacifiste, nous cesserions de faire partie d'un des principaux pays exportateurs de matériel militaire dans le monde.

Nous ne sommes ni meilleurs ni moins bons

Le projet souverainiste n'est pas bâti sur un sentiment de supériorité, mais bien sur un désir de normalité. Sommes-nous meilleurs que nos voisins ? De toute évidence, oui, dans un domaine précis : savoir ce qui nous sied. Comme ils le sont de leur côté. C'est en fait une simple question de respect à l'égard de toutes les cultures, *dont la nôtre*.

On nous parle encore et toujours des risques de faire d'une province un pays, mais pourquoi ne parle-t-on pas autant des risques du statuquo provincial pour notre avenir collectif ? Il faut y voir un élément de démocratie aussi, puisque le Québec forme un peuple dont le gouvernement supérieur actuel, celui du Canada, est élu ailleurs qu'au Québec. C'est mathématique, notre poids au Canada est trop faible.

Depuis l'échec de l'Accord du lac Meech, en 1990, huit élections fédérales ont eu lieu. Pour six d'entre elles, le gouvernement canadien élu n'était pas le premier choix des Québécois. L'illustration la plus éloquente de cette carence démocratique est survenue en 2011, alors qu'à peine 10% des électeurs québécois ont voté pour le parti qui allait néanmoins devenir leur gouvernement fédéral majoritaire et mettre en place des pratiques et des politiques publiques impopulaires au Québec.

> Je sais mal ce qu'est la liberté, mais je sais bien ce qu'est la libération.
> —**André Malraux**

Il faut d'abord un projet, nous dit-on. Mais à quoi sert-il d'aspirer à un projet précis si nous n'avons pas la liberté totale de le choisir et de le développer ? Et de toute façon, qui peut le nommer, ce projet, au sein du Canada ?

Ceux qui disent qu'ils ne seront souverainistes que si le Québec est ceci ou cela acceptent mal les bases de la démocratie. C'est justement pour donner au peuple la liberté de choisir où il veut aller qu'on lui souhaite la souveraineté sur son territoire. Avant de choisir la gauche ou la droite, il faut *pouvoir* choisir; avant d'être à gauche ou à droite, il faut être.

Nul besoin de planifier et de structurer sa disparition pour qu'un peuple donné s'efface avec le temps. Cette dynamique peut se produire bien inconsciemment. Au fil des décisions prises pour lui selon d'autres intérêts, ce peuple se transfigure lentement jusqu'à se fondre dans un autre. Sans gouvernail ni moteur, c'est le courant qui décide.

Si l'indépendance contient sa part d'inconnu, la dépendance en contient au moins autant. Il y a bien une part d'acte de foi dans le fait de vouloir construire un pays, mais c'en est un encore bien plus grand que de laisser quelqu'un d'autre décider à notre place.

Il faut mettre fin à l'exil intérieur des Québécois, disait récemment le gouvernement du Québec, pourtant provincialiste. Sa demande de discussion constitutionnelle auprès d'Ottawa n'a pas connu de suite. Il faudra donc ultimement placer notre confiance soit dans un statuquo inamovible de subordination, soit en nous-mêmes.

Pour ma part, le choix est clair.

La seule conclusion acceptable : l'espoir

Le pessimisme est d'humeur,
l'optimisme est de volonté.

—**Alain**

CHAQUE ÉPOQUE a eu ses cyniques et ses fonceurs. Nous avons aussi les nôtres, bien que certains chez les deuxièmes semblent en retraite stratégique. Mais si l'humanité existe encore, c'est que les cyniques et les exilés n'ont pas eu gain de cause. À nous de leur montrer qu'ils ont toujours tort.

Un arbre qui tombe fait plus de bruit que toute une forêt qui pousse. Laissons les Africains et les Chinois se disputer la paternité de ce dicton, l'image est tellement efficace pour pointer vers ce qui est le plus porteur d'avenir.

La génération qui pousse, ici comme ailleurs, sera le moteur de nombreux changements. Ces jeunes que l'on dit centrés sur eux-mêmes sont pourtant dotés d'une pensée collective étonnante. Ils jouissent de l'avantage d'avoir en main, dès le départ, un portrait de ce qui ne va plus. Les générations précédentes ont pour leur part grandi au sein même du système à changer, sans pouvoir constater aussi clairement en chemin les dommages causés.

Cette jeune génération, malgré les défis qui l'attendent, sera bien équipée pour être la bougie d'allumage d'une transformation profonde de notre société sur les plans économique, social et politique. Ceux qui l'ont précédée ont donné au Québec les moyens de ses ambitions, à elle maintenant de lui donner les ambitions de ses moyens. Il serait moins triste de ne pas avoir de potentiel que de ne pas assumer celui qu'on a.

Malgré tout, je crois encore que le cœur de l'humain est bon.
—**Anne Frank**

Les cyniques diront qu'où il y a de l'Homme, il y a de l'*hommerie*. Les fonceurs répondront qu'où il y a de l'Homme, il y a de l'humanisme. Un vent de changement semble vouloir se lever, un vent qui devra souffler fort devant l'ampleur des paysages à dépoussiérer. Il y a ceux qui se réfugieront derrière des portes closes pour s'isoler du vent en souhaitant qu'il ne fasse que passer, et ceux qui hisseront des voiles pour être propulsés dans leurs projets et ainsi atteindre le rivage souhaité.

Nous, la population au sens large, n'avons peut-être pas les mêmes moyens que les lobbys qui circulent dans les structures que nous voudrions réformer. Mais nous avons la force du nombre, si tant est que nous *décidions* d'être nombreux. Il n'en tient qu'à nous.

Il est à prévoir que ceux pour qui les exils actuels sont garants de certains privilèges ne nous rendront pas toujours la tâche facile. Notre chemin sera parsemé de pierres savamment disposées. Mais comme l'imageait Pessoa, il s'agira de les ramasser pour bâtir un château.

Assez d'exils portés. C'est l'heure des retours porteurs.

Rentrons à la maison.

Remerciements

Merci à ma famille qui endure le poids constant de mes trop nombreux projets.

Merci à l'équipe d'Atelier 10 et à la formidable Josée Boileau pour leur patience exemplaire envers un auteur à la dernière minute.

Un merci tout particulier à Nicolas Langelier qui, en janvier 2016 à Londres, semait l'idée d'un projet d'écriture qui allait devenir ce Document 12.

Merci à Jacques Parizeau qui a vu en nous un grand peuple, sans détour.

Merci à Marc Séguin pour son génie et sa générosité.

Merci à vous de me lire et d'y croire. On se reverra.

À propos de l'auteur

Jean-Martin Aussant a étudié la musique, l'économie, la finance et l'actuariat au Québec et en Europe avant de faire carrière dans le milieu financier international. Il a été impliqué en politique active comme député à l'Assemblée nationale de 2008 à 2012, puis comme chef de parti de 2011 à 2013. Il se consacre actuellement à la promotion de l'entrepreneuriat collectif et à la transformation du modèle de développement économique.

À propos de l'artiste

Les œuvres de **Marc Séguin** sont exposées dans plusieurs institutions reconnues à travers le monde. Il a tenu plus de 20 expositions personnelles, et participé à autant d'expositions collectives et de foires internationales. Également écrivain, Marc Séguin a publié trois romans, tous accueillis favorablement par la critique. Son premier long métrage de fiction, *Stealing Alice*, est paru en 2016, alors que son premier documentaire, *La ferme et son État*, a pris l'affiche en septembre dernier.

Documents

La juste part
Repenser les inégalités, la richesse et la fabrication des grille-pains
David Robichaud et Patrick Turmel
2012

Année rouge
Notes en vue d'un récit personnel de la contestation sociale au Québec en 2012
Nicolas Langelier
2012

Le sel de la terre
Confessions d'un enfant de la classe moyenne
Samuel Archibald
2013

Les tranchées
Maternité, ambigüité et féminisme, en fragments
Fanny Britt
2013

Constituer le Québec
Pistes de solution pour une véritable démocratie
Roméo Bouchard
2014

La vie habitable
Poésie en tant que combustible et désobéissances nécessaires
Véronique Côté
2014

Second début
Cendres et renaissances du féminisme
Francine Pelletier
2015

Je serai un territoire fier et tu déposeras tes meubles
Réflexions et espoirs pour l'homme du 21e siècle
Steve Gagnon
2015

La route du Pays-Brûlé
Archéologie et reconstruction du patriotisme québécois
Jonathan Livernois
2016

Un présent infini
Notes sur la mémoire et l'oubli
Rafaële Germain
2016

Les luttes fécondes
Libérer le désir en amour et en politique
Catherine Dorion
2017

La fin des exils
Résister à l'imposture des peurs
Jean-Martin Aussant
2017

Achevé d'imprimer par Marquis Imprimeur,
à Louiseville, Québec, en novembre 2017.

Ce livre a été imprimé sur du papier Rolland Enviro100,
contenant 100 % de fibres postconsommation,
fabriqué au Québec par Cascades à partir d'énergie biogaz
et certifié FSC Sources mixtes et ÉcoLogo.

RECYCLÉ
Papier fait à partir de matériaux recyclés
FSC® C103567
FSC
www.fsc.org
100%
BIO GAZ ÉNERGIE
PERMANENT